L'ART ET LA MANIÈRE

« La vie et un amant » – c'était un vers dont le rythme ni le sens n'avaient rien de commun avec ce qui le précédait – une dissertation sur la vraie manière de baigner les brebis pour éviter la rogne. En le relisant, Orlando rougit, répéta : « La vie et un amant. » Puis, ayant posé sa plume, elle se rendit dans sa chambre, vint droit à son miroir et ordonna ses perles autour de son cou. (...) Puis Orlando enfila des mules pointues, fit glisser à son doigt l'émeraude d'une bague. « Voyons », dit-elle quand tout fut prêt, et elle alluma les candélabres d'argent de chaque côté du miroir. Quelle femme n'eût rougi de plaisir au spectacle qu'Orlando vit soudain flamboyer dans la neige, car tout le miroir était parcouru de sentes neigeuses et elle-même apparaissait semblable à un feu, à un buisson ardent...

Virginia Woolf, *Orlando, une biographie*

Parler de notre vie comme bon nous semble est une liberté que dans l'ensemble, on choisit de ne pas prendre, mais j'avais l'impression que les mots qu'elle voulait prononcer étaient pleins de vitalité, aussi mystérieux pour elle que pour les autres.

Deborah Levy, *Le Coût de la vie*

La déclaration

Sylvie

Rester enfermée dans le silence de mon appartement pour l'éternité... Voilà ce que je voulais faire. À la fin de mon histoire avec Luc qui avait duré six ans et des poussières, j'étais à la dérive mais je continuais à sortir la nuit avec ma nouvelle meilleure amie, Lassitude. Cette grande gigue ne me lâchait plus d'une semelle et me rappelait tous les soirs combien vivre pouvait avoir un goût de vieille chaussure bouillie qu'il fallait compenser avec des cocktails et un investissement sans relâche dans mon travail d'attachée de presse, m'obligeant à hanter les concerts et les *release parties* entre coupes de champ' et gin to'. Contrairement à la chute vertigineuse des ventes dans l'industrie du disque ces dix dernières années, la courbe de mon alcoolisme avait terriblement augmenté. Ma doctrine : je bosse, donc je bois. Je rentabilisais ma solitude et j'évitais de me retrouver en tête à tête avec cette conne de Lassitude qui pérorait lorsque je zappais la nuit sur des chaînes d'info de plus en plus racistes.

La crise de la quarantaine, on a beau lutter, on n'y échappe pas. Tout s'abîme, la peau, les cheveux, les poches de déception sous les yeux, l'effet des substances et l'intelligence. Cette rupture me renvoyait un reflet douloureux, une silhouette décatie qui semblait épouser ce monde en déliquescence. Je me sentais déphasée. Courage et Enthousiasme, mes vieux potes de toujours, s'étaient fait la malle avec mon mec, à croire que j'étais devenue chiante. Tant que Luc était là, ils me supportaient. On ne sait jamais si c'est nous qui changeons ou si ce sont les autres, quand des amis nous lâchent. J'avais perdu ma saveur. En avais-je jamais eu ?

Je n'appréciais plus la joie simple de la musique. À force de travailler sur de nouveaux albums, je ne savais plus quelles étaient mes préférences. Tout était devenu informe et utile. Cette frénésie de production me débordait, m'inquiétait et m'abattait. La fatigue me quittait rarement. Visiter une exposition, aller au cinéma, me permettaient d'oublier, de pleurer dans le noir. Au premier rayon de soleil printanier, je fermais les yeux et je respirais un peu. Mais pas de musique, surtout pas de musique.

L'autre soir, après une réunion bien arrosée dans un bar, j'ai voulu rejoindre quelques amis au concert d'un groupe électro-pop branché dont la notoriété ne dépasse pas le périph', comme on dit dans la profession. Je suis arrivée ivre au Badaboum, les musiciens étaient partis, le DJ en action. Je n'ai pas retrouvé mes amis, j'ai envoyé des messages, commandé une vodka-tonic. Ils étaient tous au lit.

Au comptoir, sous les néons rouges, une meute éparse s'abreuvait. Ça sentait la transpiration et la bière. Rien de très excitant. Lassitude m'a coincée contre le bar mais je l'ai évitée de justesse grâce à une petite brune qui m'a invitée à danser. Fou comme je plaisais aux femmes depuis que j'étais célibataire. Un aimant à lesbiennes. Elles se collaient à moi alors que nos pôles d'attraction sexuelle étaient inversés.

J'avais eu ma première expérience saphique à dix-huit ans. Le jour de mon anniversaire. J'avais fini au lit avec ma correspondante américaine, une jolie fille aux longs cheveux noirs et soyeux, au petit nez en trompette, qui avait couché avec mon frère peu de temps auparavant, sans que je le sache. J'avais bien aimé ses baisers, son corps svelte, son sexe si lisse. On s'était frottées l'une contre l'autre, mais le charme de cette volupté inédite avait été rompu lorsque mon frère avait débarqué dans ma chambre. Il en était sorti pour aller donner des coups de poing au hasard dans des rétroviseurs de bagnoles. J'avais ressenti un malaise dans ma famille après cette aventure, sans qu'aucune désapprobation n'ait été exprimée. Ce genre de pratique ne semblait pas accepté parmi les miens. Je me suis toujours demandé si j'avais intériorisé cet interdit au point de ne plus m'intéresser aux femmes.

Évidemment, un peu plus tard, j'avais réessayé. À vingt-cinq ans, l'ex de mon petit ami s'était mis en tête de me séduire pour le rendre jaloux. Elle ne me plaisait pas vraiment, et la petite séance de lèche à laquelle nous nous étions livrées manquait de naturel. Trois ans plus tard, la jeune patronne d'un bistrot où l'on fêtait la signature d'un livre m'avait retenue après la fermeture en m'abreuvant de prosecco. Malgré de fougueuses effusions dans l'arrière-salle, nous n'avions pas réussi à jouir. À quoi bon ? J'aime embrasser les bouches tendres des femmes, pétrir leurs poitrines élastiques, caresser leurs joues si douces, cependant je ne ressens pas de plaisir à aller plus loin. J'ai beaucoup d'amies femmes, j'aime passer du temps avec elles, les écouter me raconter leurs histoires, les encourager, les soutenir, les aider en cas de difficulté, sans enjeu amoureux. Je le regrette parfois. Avec les mecs, en revanche, je veux en découdre, j'ai l'impression que c'est par là que se nouent un désir plus grand, des attachements plus forts. Comme si le domaine de l'amour était un endroit de défi : éprouver ce qui nous sépare et ce qui nous réunit, tendre à rétablir une égalité. Je préfère coucher avec des hommes, mais choisit-on vraiment en matière d'amour et de sexualité ?

Alterner ne me déplairait pas, pourtant cela m'est impossible en pratique. Nos préférences sexuelles sont sans doute le résultat d'un long héritage culturel et d'une lignée d'interdits et d'usages que je n'ai pas réussi à déconstruire.

Dans le sexe, il ne faut pas (se) forcer : première règle à appliquer pour le respect de son corps et de son identité. Or, ce soir-là au Badaboum, la petite brune m'a embrassée de force et j'étais bien trop ivre pour en profiter. J'étais flattée de lui plaire, je le lui ai dit. La fille est repartie dans la danse. Au bout du bar, un groupe de jeunes parlait ouvertement de drogue. Je me suis approchée et j'ai annoncé : « Si vous avez de la coke, je suis preneuse. » Une blonde à frange aux yeux translucides, qui menait de front une carrière de mannequin et des études de philosophie, comme elle l'avait expliqué quelques secondes avant, a proposé d'aller en chercher ensemble. Elle était accompagnée d'une jeune graphiste, d'un étudiant en école de commerce et d'un musicien : des gamins vifs et brillants avec une furieuse envie de se retourner la tête. Me prenant à part, la blonde m'a raconté sa passion pour Wittgenstein, dont je n'avais jamais entendu parler.

« C'est le plus grand philosophe du vingtième siècle ! Né dans une famille juive autrichienne très fortunée, il a fréquenté Brahms et Mahler dans son enfance avant de partir en Angleterre faire des études d'ingénieur et de maths. Là, il se pose tellement de questions sur la logique qu'il va trouver Bertrand Russell à Cambridge et s'engage en philo comme d'autres s'engagent dans les ordres. Pendant la Première Guerre mondiale, il écrit le *Tractatus logico-philosophicus* qui révolutionne complètement la pensée analytique, après quoi il renonce à la fois à l'héritage de ses parents super riches et à la philo pour devenir jardinier. »

Je lui ai demandé de m'expliquer les secrets du Tractatruc.

« Wittgenstein aimait bien provoquer. Il a totalement remis en question le langage et poussé sa discipline dans ses derniers retranchements. En gros, il a démontré que le sens éthique et esthétique du monde n'est pas transmissible par le langage. Contrairement aux autres philosophes, la question, pour lui, n'est pas d'accroître ni d'approfondir nos connaissances. Il veut nettoyer, éliminer les faux problèmes, écarter les discours vides. Les questions métaphysiques – sur le monde, l'être, l'âme, la mort ou Dieu – sont des interrogations vides de contenu. »

Même sobre, je n'aurais pas eu les capacités intellectuelles pour saisir toutes les subtilités de ce qu'elle racontait. J'ai essayé de donner le change.

« Et c'est quoi ta citation préférée de Wittgenstein ?

– Les faits n'appartiennent tous qu'au problème, non à sa solution. »

J'ai souri bêtement : j'appréciais cette idée. Mon état ne me permettait pourtant pas de partager avec elle la lueur de pensée qu'avait éveillée cette phrase dans mon esprit vaporeux. Ses amis nous ont rejointes avec une bonne nouvelle. Ils avaient trouvé un dealer. On est allés sniffer une première ligne dans les chiottes et j'ai invité la bande chez moi, j'habitais tout à côté. La belle philosophe nous a abandonnés sur le trottoir, les autres n'avaient pas envie d'aller se coucher. Sous l'enseigne du Badaboum, un jeune Marocain d'une vingtaine d'années, en jean-baskets, T-shirt et doudoune noirs, avec un sac à dos de lycéen, nous a expliqué qu'il n'avait nulle part où dormir. Il avait du mal à trouver ses mots. La douceur et l'humilité qu'il dégageait nous l'ont rendu immédiatement sympathique. On s'est tous accordés à accueillir Hamed parmi nous. Personne ne restera à la rue ce soir. La jeunesse est généreuse et ouverte. L'ivresse sera partagée.

Je sors la vodka du congélateur. Lassitude s'est fait la malle ; elle doit être partie guincher ailleurs avec Échec-Sentimental et Avenir-Sans-But. Les mômes s'installent dans le grand canapé en cuir du salon face aux deux enceintes. Hamed, impressionné par la hauteur sous plafond de l'appartement, se cale dans un coin près de la fenêtre. Je l'invite à s'approcher, il balbutie qu'il est bien. Je n'ose pas le brusquer. Sa timidité me fend le cœur. Ses beaux yeux noirs inquiets m'envoient des nuées de gratitude et de tendresse quand je lui tends deux coussins.

Carte bleue en main, les gosses alignent la poudre sur la table basse, tout en s'émerveillant devant ma collection de disques. « Mortel ! Ça fait plaisir, putain ! Nick Drake, Robert Wyatt, Nina Simone, que du bon ! » Eux, ils écoutent toutes sortes de sons mais sur leurs téléphones ou leurs ordinateurs ; pas de sous et pas de place dans leurs studios. Chez moi, ils découvrent, ravis, les livrets, les photos, les textes, le plastique cristal des CD, comme les reliques d'un monde enseveli. Cléa, la graphiste, porte une montre connectée. Je lui demande si ça ne l'angoisse pas d'être suivie à la trace, que ses battements de cœur, ses trajets et ses activités soient enregistrés à des fins commerciales. Elle s'en moque. Mes convives refusent d'opposer les années qui nous séparent. Cette fraîcheur me donne un regain d'énergie. Julien, l'étudiant en école de commerce, me fait penser à un chien fou. Il ondule du bassin et secoue la tête sur *Heroes* de Bowie.

Hamed observe ce petit jeu de séduction avec intérêt, mais n'ouvre la bouche que pour me remercier de mon hospitalité. Il répète « Tu es très très gentille » quand je lui offre de la vodka ou une ligne de coke, qu'il décline à chaque fois. Hamed est si seul, si perdu. Je vais lui chercher de l'eau et me désaltère avec lui. Arrivé depuis peu à Paris, il loge chez son oncle à Saint-Denis et m'explique qu'il compte prendre des cours de français.

Plus une goutte de vodka. Les étudiants s'alanguissent dans des conversations de plus en plus décousues. Cléa s'est assoupie en boule sur le gros accoudoir du canapé, Hamed somnole sur ses coussins. Julien, parfaitement en forme, appelle Allô Apéro pour nous ravitailler. Mike, le musicien, me fait écouter ses maquettes et c'est vraiment pas mal ! Une sorte d'héritier de Marquis de Sade, en plus solaire, mâtiné d'électronique. Je commente un à un ses morceaux, lui prodigue des conseils, il me regarde comme le Messie. Julien ne revient pas. A-t-il battu en retraite ? Mike est sceptique : « Mon pote ne m'abandonnerait jamais et puis, regarde, il a laissé son téléphone sur la table. » Pendant ce moment de flottement, je décide de me mettre à l'aise et me glisse dans une nuisette de satin noir. Le petit jour nous engourdit...

À sept heures du matin, la sonnerie de l'interphone retentit. Julien est de retour, les bras chargés de bouteilles, accompagné d'un grand type noir très mince. Ses poignets et ses chevilles sont d'une finesse extraordinaire. Babacar a l'élégance d'un chasseur peul. Fils de diplomate, il travaille dans une agence de publicité. Après avoir snifé deux traits de coke, il m'embrasse dans le cou. « Ne vous gênez pas pour moi », lance Julien. Dans mon petit cœur qui sursaute, il y a de la place pour deux. Je m'entends lui dire : « Ne reste pas dans ton fauteuil. »

Je roule des pelles tour à tour au chien fou et au chasseur peul, tout en les déshabillant. Babacar dégage ma poitrine de la nuisette, l'empoigne à pleines mains et approche ses lèvres charnues de mes tétons. Julien colle sa bouche à ma bouche pendant que je dégrafe son jean. Babacar introduit ses doigts entre mes cuisses. Je m'étonne que Cléa, Mike et Hamed ne se réveillent pas ; peut-être gardent-ils les yeux clos par délicatesse. Je lustre le pantalon à pinces de Babacar et branle Julien, qui ne bande pas tout à fait. Babacar détache sa ceinture et je me précipite pour avaler sa queue. Julien n'est pas très à l'aise. Il s'éloigne pour regarder Babacar qui me pénètre. Du fauteuil, il voit mes fesses chevaucher son compagnon de bagatelle dans un va-et-vient langoureux. Soupirs transpirants et rires légers. Je ne me suis jamais sentie aussi décomplexée. Fi de la cellulite, des vergetures. Hamed a ouvert les yeux et nous observe, fasciné. Je pense qu'on pourrait se donner beaucoup d'amour. Je rêve d'une union entre les peuples et les générations. Cléa, Hamed, Mike, Julien, Babacar et moi, dans une luxurieuse Déclaration des droits de l'homme : la libre communication des caresses, la jouissance sans distinction de genre ou d'origine. Tous les êtres vivants demeurant libres et égaux dans la baise. La liberté consistant à pouvoir prodiguer tout ce qui fait du bien à autrui, une communion des sens, une réconciliation sensuelle qui efface toutes les différences. Tous les citoyens ont droit de constater, par eux-mêmes, la nécessité de la contribution publique au plaisir, de la consentir de leur plein gré... Mais pendant que j'écris mentalement ce nouveau manifeste de l'être humain, les yeux de Julien se teintent d'amertume. « Je ne fais pas le poids avec ma petite bite de Blanc, face à cette grosse bite de Black. Je préfère regarder ! » Sa bêtise brise mon fantasme érotico-humaniste. Babacar, silencieux, ralentit la cadence. Je suis effarée : « Sérieux ? Comment peux-tu dire une chose pareille ? » Julien se saisit d'une chaussette noire qui gît au sol et enfile son membre mou à l'intérieur. Il le fait tourner comme une pale d'hélicoptère en maugréant : « Moi aussi je peux avoir une grosse bite de Black ! » Je lui ordonne de partir. Il ramasse ses affaires, contrit. Et réveille ses amis. Hamed, qui a tout suivi, part avec les trois étudiants. Tout enamouré, il me dit : « Tu es vraiment gentille, très gentille, Sylvie. » Je suis persuadée qu'il a lu dans mes pensées. Je lui adresse un clin d'œil : « On se revoit pour discuter, je te laisse mon numéro et en attendant, entoure-toi des bonnes personnes... »

Julien me dévisage, rageux. Je referme la porte.

« Je suis désolée, Babacar, on n'est pas sorti de l'auberge dans ce pays de fachos. »

Il me sourit et me tend ses deux longues mains. Je place sur la platine un vinyle de Nina Simone. Quand résonnent les premiers accords cuivrés de *Feeling Good*, Babacar m'enlace en me murmurant à l'oreille : « Je vais te faire un enfant, ma beauté, je vais te faire un enfant ! »

David a cinq ans aujourd'hui et il appelle Hamed « Tonton ». Tonton Hamed vient tous les mercredis lui lire des histoires. Lassitude n'est jamais rentrée à la maison.

Femme-cascade

Éléonore

J'ai grandi dans un hameau des gorges du Tarn. Mes parents étaient guides dans le parc du Gévaudan. Nous observions les meutes de loups, nous vivions avec.

Gamine, je passais aussi un temps infini à la rivière, mon terrain de jeu favori, un lieu d'exploration magique. Aujourd'hui, je n'aime rien tant que paresser près de l'eau. Contempler les rochers immenses... Sont-ils tombés du ciel, météorites ou astres défunts ? Comment les arbres ont-ils réussi à s'immiscer dans leurs anfractuosités ? Comment la nature arrive-t-elle à être si harmonieuse et si brutale ? Les galets blancs, les rocs recouverts de mousse, la fougère qui enveloppe de sa dentelle les racines serpentines des ormes, les ormes qui étendent leurs doigts noueux à travers le gravier multicolore pour boire l'eau du torrent, le torrent qui glisse de vasque en ruisseau...

Je connais un endroit fabuleux mais je ne donnerai jamais son nom, j'aurais trop peur d'y être dérangée par les humains. C'est un coin de rivière caché, loin des habitations. On doit marcher deux heures vers les cimes pour y accéder. Ceux qui s'y aventurent pensent à une piste tracée par les sangliers ou les renards. On l'appelle « chemin de désir ». L'étroite artère de gravier jaune file parmi les pins et se resserre au milieu des buissons touffus. De gros cailloux surgissent et vous barrent la voie. Il ne faut pas craindre de dégager quelques ronces, de se griffer les jambes, de trébucher dans les éboulis, pour se frayer une route incertaine vers le paradis, en mangeant quelques mûres au passage... Le chemin, tout à coup, se tord, s'incline et fond en zigzag entre les myrtes et les lentisques. Un raccourci abrupt, dans lequel il faut s'accrocher aux branches pour ne pas patiner sur le sol meuble, s'insinue jusqu'à la cascade. Là, une source de diamants se brise éternellement contre les galets. J'y suis seule au monde. Et j'aime dévaler la pente en cadence et en dansant, cabri virevoltant vers l'onde.

Quand j'arrive dans mon repaire, je retire mes vêtements et me dresse nue sur le rocher-tortue, j'écarte les bras vers le soleil pour en recevoir la chaleur. J'attends que la sueur perle à mon front pour me jeter dans le lac glacé. Ma peau alors se rétracte, mes poils se hérissent, mon corps semble reprendre sa densité, je m'agite, nage avec hâte jusqu'à la cascade pour me réchauffer. Mon cœur bat à tout rompre.

J'aime me faire tabasser par les chutes d'eau qui s'abattent du haut de la falaise. Je me faufile comme une anguille entre les jets, passe et repasse dessous, et l'eau martèle mes épaules, mes fesses, mes cuisses. Je m'étire, me cabre, me plie et me déplie, je roule et pirouette en apesanteur, accompagnant le tumulte des flots, puis délassée, fouettée de fraîcheur, je nage jusqu'au bord et monte faire rôtir mes membres sur la grosse pierre brûlante.

Sur le ventre, bras et jambes écartés enlaçant le rocher, la chaleur irradie et gagne mon cœur. Le soleil mordille mon dos de ses griffes ardentes. Étoile des rivières mordue de chaleur, je m'assoupis effleurant du bout des doigts la roche blanche érodée, la joue collée à la pierre, les yeux accrochés au mouvement de l'onde.

J'aime étreindre l'épiderme du basalte. Je m'imprègne de son parfum humide et mousseux. J'y dépose un baiser. J'honore la stèle, goûtant avec ma langue sa texture douce et rigide, puis me retourne sur le dos, ouvrant mes jambes au bleu du ciel. La brise chaude de l'après-midi effleure mon duvet, mon corps se cambre, mes narines happent l'odeur des pins. L'air transporte les fragrances des arbres. L'esprit du vent parle un langage tactile, s'attardant sur mes courbes ondulantes, guidant mes mains vers la fourrure au creux de mes cuisses. Et là, l'animal se réveille, humecte ses babines et bave. Il faut de nouveau refroidir mon corps incandescent qui se mue en bête sauvage.

Mon corps possédé se redresse, longe la cascade scintillante, se glisse dans un renfoncement où le flux se resserre, encastré entre un monolithe et un gros tronc de bois flotté. Sur ce trône végétal, je peux m'asseoir près d'un jet plus fin. En tailleur sur mon siège éclaboussé, les plantes de pied jointes, genoux pliés et cuisses ouvertes, mon sexe se donne à l'écume du fleuve. Mille éclats d'eau pure arrosent la bouche rose du chien-loup affamé, qui frémit et grogne. Mes doigts caressent le museau fumant de la bête pour la calmer, mais elle redouble d'énergie et se tord comme si elle tentait de sortir de moi. Elle rugit et bondit dans le lac.

Dans l'eau fraîche, la créature se rétracte mais lorsque je remonte sur mon banc de basalte, mon corps poursuit sa métamorphose monstrueuse. À quatre pattes, cul tendu vers le ciel, mon sexe dégouline et palpite dans un long hurlement d'extase. Un grand geyser jaillit. La fontaine de jouissance emporte avec elle le paysage. Et cette crue fantastique entraîne dans son mouvement trembles, chênes, hêtres, pins et châtaigniers, leurs bras feuillus et leurs mains d'épines s'engouffrent dans la cascade, absorbant les flancs de la montagne et avalant la vallée. Une nuée d'oiseaux s'élève alors dans le ciel irradié, chantant dans leur vol « le pur ruissellement de la vie infinie ». Faisant résonner le poème de Rimbaud, « Soleil et Chair ».

Je suis louve et cascade, fondue dans le roc et les racines. Le corps de la vague m'emporte vers le cosmos. Je suis la femme-cascade, la femme sauvage.

Jamais je ne pleure, jamais je ne ris

Virginie

Je m'ennuyais salement... Je venais de changer de collège, je ne connaissais personne et puis je n'aimais pas ça, les adolescents. Je fréquentais un établissement huppé de la banlieue parisienne. Mes parents avaient voulu bien faire, mais j'avais du mal à trouver des amis parmi ces hordes de bourgeois en velours côtelé. Je traînais mes complexes de jeune femme qui a eu ses règles à onze ans. Trop grande, trop grosse, trop formée avant l'âge, j'étais mal dans ma peau.

Seul refuge pour mon âme tourmentée : la musique pop et la poésie ombrageuse de Baudelaire dont la noirceur faisait écho à ma pénible métamorphose. J'avais découvert *Les Fleurs du mal* en cinquième, leurs mots avaient illuminé le chaos de ma puberté précoce. Ma prof, une femme de cinquante ans au bras droit sectionné dans un accident de voiture, m'avait prise en affection, sensible à mon malaise, à cette amputation de la joie qu'elle constatait chez moi. Elle m'observait m'éveiller lorsqu'elle prononçait le nom du poète maudit. J'ouvrais alors mes paupières éternellement mi-closes.

Un après-midi, je m'étais portée volontaire pour réciter « La beauté ». On veut tous en connaître le secret. Charles en disait toute l'ambiguïté : « Je suis belle, ô mortels ! comme un rêve de pierre. » J'aimais déclamer cette sentence pour donner à mon corps en mutation le pouvoir et la solidité du roc. Mon enthousiasme n'avait pas duré, j'avais perdu confiance à mi-parcours face aux regards suspicieux des élèves. Je m'étais étouffée dans un sanglot de honte. Madame Michelli m'avait gardée à la fin du cours. Elle voulait m'aider. Ça m'intimidait qu'on s'intéresse à moi, qu'on me questionne, qu'on veuille me rassurer. J'attendais surtout que le temps passe, les yeux rivés au ciel bas et lourd de mon adolescence.

Je restais souvent seule pendant la récréation, marchant dans les allées du parc de ce collège à l'architecture brutale, cachot humide de ma scolarité. Casque de walkman vissé aux oreilles, je rêvais d'amour passionné et de folles danses en discothèque. La critique est acide à l'heure de la récré. Mes camarades se moquaient de ma voix grave et de ma nonchalance. Je ressemblais à une créature plantureuse dessinée par Crumb, longs cheveux teints au henné cascadant sur mon blouson de cuir rouge. Ce style hippie seventies emprunté à mes groupes de musique adorés affligeait mes parents.

Jimi Hendrix était mon dieu. Un copain de ma sœur m'enseignait les rudiments du rock sur une guitare classique en attendant le jour où je pourrais me payer la Stratocaster de mon idole. Les riffs du début de *Little Wing* annonçaient l'apparition d'une femme à qui je voulais ressembler, marchant à travers les nuées, portée par le vent. L'allure d'Hendrix, son bandeau psychédélique dans les cheveux, ses chemises à fleurs, sa dégaine de sorcier et son destin de génie-parti-trop-tôt noyé dans son vomi me fascinaient. Le FBI l'avait fait assassiner, c'était sûr. On ne laisse pas vivre longtemps les hommes libres !

Collée à mon poste de radio en rentrant du collège, j'enregistrais sur des cassettes mes morceaux préférés, je notais les annonces des soirées organisées à Paris, je voulais rendre mes nuits plus belles que ces sombres journées. J'imaginais ma transformation en femme-renard, *Foxy Lady* briseuse de cœurs, maîtresse du grand chamane noir à la langue agile.

Un soir de novembre, mes parents s'étaient couchés tôt, j'écoutais Oüi FM à bas volume dans ma chambre. Les animateurs vantaient une soirée prévue à la Locomotive, mixant trois ambiances : rock, new wave et disco. Avec mon physique hors normes, on me donnait facile dix-huit ans, c'était le moment d'en jouer. Train à 23 h 30 jusqu'à la gare Montparnasse, puis ligne 12, direction Pigalle. Et même si je ne connaissais que le quartier autour de la gare, où j'avais la permission d'aller au ciné une fois par mois, l'espoir de changer ma morne existence me porterait à bon port.

Ma chambre s'ouvrait sur la terrasse du petit pavillon familial. Il suffisait d'enjamber la rambarde pour atteindre la rue. À 23 heures, tout était assoupi dans la quiétude automnale de la banlieue. J'enfilai mon pantalon pattes d'éléphant, mon tee-shirt rose à paillettes, ma veste en cuir, et mes Kickers, prête pour la grande aventure.

Paris la nuit avait des airs de grand magasin. Du monde partout, des enseignes de toutes les couleurs, une accélération de l'espace-temps. Dans les couloirs du métro, on se serait cru en plein jour. Pas de quoi s'affoler. Mon cœur s'est emballé pourtant. Cette soudaine liberté me donnait l'impression de me réveiller d'un long coma, ou bien était-ce la crainte de cette virée solitaire et nocturne, à transgresser les interdits ?

J'étais bien organisée : j'avais repéré les horaires des premiers trains, je danserais jusqu'au petit matin et à 6 heures, je serais de retour dans mon lit, mon secret sous l'oreiller. Sous les ailes géantes du Moulin Rouge, la jeunesse s'amassait devant les portes du temple. J'avançais, frémissante, fondue dans la foule, regardant mes chaussures, vers la longue boîte noir et rouge post-industrielle. J'ai enfin pénétré dans la nuit de métal. « Fleur de métal, mais t'hallucines, cinémathèque, take me away. » Les garçons n'étaient pas ces minets minables du collège, ils avaient des dégaines de Jad Wio. Et me voilà glissant sur le tapis rouge vers le dance floor.

Les pulsations de la musique emportent mon corps, il vibre, seul au milieu du monde.

J'ondule, j'oscille, j'arpente les couloirs, explore les recoins cachés, je vais boire un peu d'eau sous les lumières blafardes des chiottes, je me remets du rouge à lèvres, un peu de poudre blanche, et j'observe les autres filles, de loin, trop timide pour aborder qui que ce soit, puis je descends d'un étage. Néons violets, fumigènes antigènes, changement d'ambiance. NEW WAVE. Je préfère ça. Au centre de la piste, vue à 360 degrés, je regarde les mecs. Est-ce qu'on peut me voir ?

Un homme me fixe, je l'ignore, bouge avec détachement, je le fuis mais le retrouve devant moi à l'autre bout de la piste. Alexandre est grand, une vingtaine d'années, blond, sourire avenant.

– T'es seule ?

– Ouais.

– Tu viens souvent ici ?

– Non, c'est la première fois.

– T'aimes bien New Order ?

Alexandre se balance, gracieux et souple. Il porte une veste grise, un jean délavé et une chemise blanche, façon Gainsbarre. Sa mèche sur le front se soulève dans un souffle quand il passe d'une jambe sur l'autre. Sur *Temptation*, j'ose le regarder dans les yeux, il sourit, sûr de lui. C'est mon jour de chance. Il se rapproche, m'attrape les mains, me guide et finit par m'enlacer doucement quand le DJ enchaîne sur Talk Talk. Ses lèvres effleurent ma joue et se posent sur ma bouche, un baiser si léger qu'il s'évapore dans la chanson. « *It's my life/don't you forget* », nous fredonnons les paroles pour effacer le trouble. Les reflets argentés de la boule à facettes tournoient autour de nous. Je n'entends plus la musique.

– Alors, Alex, tu nous présentes pas ?

Deux mecs s'avancent vers nous. Ce sont ses cousins, Jacques et Laurent, plus âgés. Ils m'examinent comme un animal bizarre. Je me demande s'ils vont partir, mais je m'en fous, je reste danser, je suis venue pour ça, de toute façon je n'ai pas le choix, je dois attendre le premier métro. Mon cœur se serre à l'idée que je n'aurais eu qu'un seul baiser. Mais c'est déjà ça...

Alexandre se tourne vers moi.

– Ils veulent y aller, je suis obligé de rentrer avec eux. Tu ne veux pas venir ?

– Je préfère rester danser...

– C'est trop con, on vient à peine de faire connaissance.

Les deux cousins s'éloignent, Alexandre m'embrasse avec fougue, me tire par le bras.

– Allez, viens, on est seuls à la maison, on pourrait continuer à danser là-bas, viens avec nous.

Les deux cousins réapparaissent, insistants. J'hésite. Ai-je raison d'avoir peur ? Je les retrouve sur le boulevard. On s'engouffre dans le premier taxi.

Sur la banquette arrière près d'Alexandre, je suis perdue, mes yeux s'accrochent aux fines gouttes de pluie sur la vitre, sa main se glisse dans la mienne. La seule chose qui me rassure, c'est qu'on se rapproche de Montparnasse où je pourrai prendre mon train à l'aube. La nuit est noire comme jais. À mi-chemin, les cousins me demandent si j'ai de l'argent pour payer le taxi.

– Non, juste de quoi prendre le tr...

Ils m'arrachent mon sac. Le conducteur ne réagit pas. Évite mon regard dans le rétroviseur. Alexandre demande à ses deux comparses d'être plus gentils mais ils le provoquent en riant, piquent les quelques pièces dans mon portefeuille et règlent la course en sortant un gros billet. Mon malaise s'amplifie. Sur l'avenue, je me dis que je ferais mieux de partir maintenant, je traîne les pieds en espérant trouver une rue où bifurquer mais Alexandre me saisit par la taille.

– Tu vas voir on va s'amuser, on a de quoi faire des cocktails.

Je me laisse emmener. Lui, avec sa gueule d'ange, je n'arrive pas à le trouver menaçant.

Nous obliquons dans une ruelle, ils poussent la grille d'un jardin pour accéder à une maison en forme de U, avec une immense baie vitrée. Ça m'impressionne. Je pensais qu'à Paris, il n'y avait que des immeubles. Leur oncle est parti en voyage. Il faut retirer ses chaussures à l'entrée.

– Faut pas salir, tu comprends.

Laurent et Jacques se précipitent derrière le bar américain et sortent une bouteille de vodka du congélateur.

– Allez, beuverie !

Ils empoignent tour à tour la bouteille pour boire au goulot. Je m'assois dans le canapé.

– Je ne bois pas.

Alexandre me dit de me détendre, les deux gros lourds s'agitent, ils parlent fort, allument la chaîne hi-fi, montent le son. Je n'entends pas la musique, seulement cette peur sourde. Je dois retrouver mon calme, retrouver mon calme, retrouver mon calme. Je demande à Alexandre de me faire visiter la maison. Je voudrais être seule avec lui. Laurent est laid et agressif, un brun hargneux aux yeux noirs perçants, avec une chemise dégueulasse à motifs triangulaires orange et marron, un petit air d'Iznogoud. Jacques est son double mou, regard veule et stupide de suiveur, son valet.

Alexandre a l'air de les trouver aussi pénibles que moi. Il m'emmène à l'étage.

– On peut rester dans la chambre si tu veux.

Il s'allonge sur le lit et m'attire à ses côtés, m'embrasse doucement, me pelote les seins sous mon tee-shirt et ouvre la braguette de mon jean. Sa main s'immisce dans ma culotte, dégage mes hanches. Je m'abandonne à ses caresses, j'aime bien, ça me calme. Le désir s'anime dans mon ventre et j'oublie les petits roquets qui picolent dans le salon. Alexandre a des gestes lents et précautionneux. Il retire mon pantalon.

La porte claque, les deux cousins font irruption dans la chambre.

– Qu'est-ce que vous foutez là tous les deux ? Allez, descendez avec nous !

Alexandre roule sur le côté du lit, Jacques et Laurent nous tirent par les bras. Je suis debout, en culotte.

– Je veux partir maintenant ! Alexandre, s'il te plaît, passe-moi mon pantalon.

Laurent s'empare de mon jean.

– Tu vas devoir courir pour le récupérer, ma grosse !

Il sort de la chambre et dévale l'escalier. Je le poursuis.

– Arrête, c'est pas drôle !

– Mais si c'est drôle, on s'est jamais autant marrés !

Dans le salon, Laurent tourne autour du canapé en agitant le jean au-dessus de sa tête. Jacques demande, hilare :

– Vous voulez pas recommencer devant nous ?

Alexandre me saisit par le bras et m'entraîne dans la salle de billard. Il me pousse sur la table et, comme pour un plaquage de rugby, s'allonge sur moi et me bloque de tout son corps. Je peine à bouger sous sa masse.

Les cousins ont pris place dans des fauteuils, ils applaudissent joyeusement au spectacle, dégrafent leurs pantalons et agitent frénétiquement leurs verges molles. Alexandre essaye de retirer ma culotte, je me tords dans tous les sens pour l'en empêcher. Si je me laisse faire, les deux autres vont me passer dessus.

– Lâche-moi !

Je crie. Cheval fou qui se cabre. Les cousins me menacent.

– Tu peux toujours hurler, personne ne t'entend ! T'es coincée, ma grosse !

Je me débats, mais Alexandre a réussi à bloquer mes deux bras d'une seule main et dirige maladroitement, de l'autre, son sexe entre mes cuisses. Mes muscles se contractent. Je serre les jambes le plus fort possible et me tords le cou pour tenter de le mordre. Je n'arrive qu'à attraper furtivement son regard. Mâchoire serrée, une voix profonde que je ne me connais pas sort de mon sexe.

– Je vais vous dénoncer aux flics.

Aussitôt, Alexandre relâche son étreinte et interroge du regard ses comparses, pantalons sur les genoux, muets, membre en main. L'image se fige. Je glisse de la table et bondis vers le salon. J'attrape mon sac, mon pantalon sur le canapé en cuir blanc et me précipite hors de la maison, pieds nus. Je cours à perdre haleine jusqu'au bout de l'impasse sans me retourner. Quand j'ai quitté l'allée, je me rhabille, haletante.

Tout est fini, le jour commence à poindre. Je marche en direction de la gare. Tant pis pour mes Kickers. La rue déserte me colle aux pieds. Le commissariat du XIVe arrondissement se dresse devant moi, monumental et froid, il est 5 heures, Paris s'éveille. Au loin les trains grincent sur la voie ferrée, je ralentis le pas et récite à voix basse :

Je suis belle, ô mortels ! comme un rêve de pierre,
Et mon sein, où chacun s'est meurtri tour à tour,
Est fait pour inspirer au poète un amour
Éternel et muet ainsi que la matière.

Je trône dans l'azur comme un sphinx incompris ;
J'unis un cœur de neige à la blancheur des cygnes ;
Je hais le mouvement qui déplace les lignes,
Et jamais je ne pleure et jamais je ne ris…

Schizophrénie affective d'une fille bien élevée

Claire

La première fois que j'ai fait l'amour avec Loup, j'ai su, à la seconde où il me retournait pour me prendre par-derrière, que quelque chose n'allait pas. Dans la baise, il y a l'art et la manière, les bonnes manières et les mauvais coups. La relation sexuelle, dans ses gouffres charnels, est un langage secret qui dévoile le fond de nos êtres. Sans doute est-ce pour cela que j'aime tant baiser. J'ai en moi cette curiosité insatiable. Les mots, que je crois savoir manipuler un peu, me laissent souvent frustrée, ils ne me donnent pas tout à fait les clés de mon existence.

À cette époque, je cherchais la profondeur, une sincérité naïve au cœur, et je cherche encore aujourd'hui à savoir ce qui anime la chair des hommes. Ce premier soir, donc, j'avais proposé à Loup de dormir dans mon lit « en tout bien tout honneur » parce qu'il était tard, nous avions beaucoup bu en parlant de cinéma. Il n'y avait plus de métro, je ne voulais pas le mettre dans l'embarras... Bien sûr, il me plaisait. Après la fermeture du bar où nous nous étions rencontrés, je l'avais invité pour un dernier verre. Nous nous étions couchés côte à côte, pensifs. Et ce petit jeu n'avait pas manqué de glisser vers un baiser langoureux dans le silence de la nuit.

Nous nous amusions l'un et l'autre de la situation. On ne sait jamais d'avance comment les choses vont tourner. Loup s'est exclamé : « Oh, vous êtes toutes pareilles ! Ne fais pas l'innocente. »

Innocence ou inconscience ? Toutes pareilles ? Loup m'a retournée d'un coup pour me prendre. Je me suis dit qu'il ne pouvait pas me regarder en face. Et dans le même temps, j'ai eu l'intuition qu'il ne s'agissait pas de moi mais de toutes les femmes. Une force obscure lui dictait sa conduite. Il rejetait mon visage, et j'ai accepté d'être niée en partie. Mon corps était devenu un objet à manipuler et, parce que j'avais déjà connu cela, j'ai pu jouer à ce jeu.

Ce premier soir, il m'a prise en me bloquant la tête sur l'oreiller, il n'avait pas de capote, je n'ai pas osé demander, mais j'y ai pensé. Il a joui quelques minutes plus tard sur mon cul sans se préoccuper de mon orgasme, tout concentré sur son effort. On ne se connaissait pas et je me suis dit que ça n'avait pas grande importance.

Quand il a eu fini, il a commenté joyeusement : « J'ai aimé faire l'amour avec toi, parce que c'est simple. »

Bêtement je me suis sentie flattée, traduisant simplicité par évidence. Mais au fond, je ne comprenais pas ce qu'il entendait par là, j'avais été si passive. Ce qui m'a fait tiquer, c'est qu'il n'avait rien dit de moi, de mon corps, de sa volupté. Il avait parlé de la simplicité avec laquelle je m'étais pliée à son désir, c'est tout. Je sais me soumettre, me mettre au service de l'autre, m'effacer pour laisser la place au désir de l'autre. J'ai l'impression d'avoir appris ça très tôt, comme beaucoup de femmes à qui on intime de ne pas prendre trop de place, de ne pas jouer sur un pied d'égalité avec les hommes. Je pense même avoir hérité d'une forme de culpabilité du fait d'être une femme. Ainsi le lien s'est-il établi entre nous.

Loup avait trente-cinq ans cette année-là, il était réalisateur, il vivait à Bordeaux, venait souvent à

Marseille pour assister à des projections et animer des rencontres. Loup, séducteur au charme méditerranéen, profil racé, cheveux noirs bouclés et plaqués avec du gel. Les traits fins de son visage m'évoquaient la beauté de Monica Vitti. En se quittant cette première nuit, on s'est donné rendez-vous le lendemain dans un cinéma d'art et essai où il devait présenter un film. À la fin, très entouré, il a disparu sans m'avoir parlé. Dans la nuit, il m'a envoyé des textos jusqu'à épuisement pour m'expliquer qu'il était empêtré dans une histoire compliquée, m'a demandé de le pardonner et veut me revoir.

Deux jours plus tard, on se retrouve chez moi. J'ai un peu honte de le dire mais j'ai été dressée à la concurrence. C'est aussi ce qu'on enseigne aux jeunes femmes, être reconnue au détriment des autres. Puisqu'on nous octroie si peu de place, il faut se battre. Et plutôt que de prendre mes distances avec cet homme confus, un peu menteur, qui semble encore attaché à une autre, je me sens stimulée par la rivalité. Je veux être choisie, être celle qu'il préfère. Pourtant je me méfie déjà de son air crâneur et de sa brutalité.

Nous sommes sur le lit, il me dit qu'il aime les relations sexuelles un peu musclées. Je n'ai rien contre, je ne suis jamais effrayée à priori. Il me demande si j'accepte d'être giflée ; les petites claques sur les fesses et une certaine intensité dans les rapports me plaisent. J'acquiesce sans poser d'autres questions. Nous sommes face à face, la lumière est allumée, il me pénètre rapidement et m'envoie une bonne grosse baffe. La brûlure du coup me surprend. Je reste interdite. Loup au contraire se sent autorisé à aller plus loin. Droit dans les yeux, il m'insulte : « Connasse ! » et me crache au visage. Un crachat sec et piquant. J'essuie avec dépit la salive sur mon œil. Je comprends qu'il ne joue pas. Humilier le fait bander. Je le gifle à mon tour pour me défendre, rétablir l'égalité, voir si le jeu est réciproque.

La sidération est mutuelle. Ses longs yeux noirs se plissent, son regard se durcit.

D'où vient cette subite rébellion ?

Il aime humilier sans être humilié. Le malaise se propage et, pour reprendre le dessus, il se met à me parler.

– Je ne voulais pas t'offusquer, tu as accepté de jouer, il fallait me dire que ce n'était pas ton truc.

Mon truc ?

– Le mot « connasse », c'est trop vulgaire ! « Salope », c'est un code, un cliché acceptable. « Pute, putain » aussi. Mais « connasse », je n'aime pas ce mot. Et puis personne ne m'a jamais craché au visage...

Le hic, c'est que Loup n'a jamais lu Bukowski, il n'a pas cité Bukowski, il n'a pas dit : « Cass, connasse, je t'aime, tu es la fille la plus vivante que j'aie jamais rencontrée. » Il m'a insultée pour me dégrader.

Je n'ose lui dire en face que c'est inacceptable, je refuse qu'on me crache dessus, c'est tout. Loup a eu ce qu'il voulait, je le sens, il aime outrepasser les limites. Il m'accuse avec une certaine délectation. C'est ma faute, j'aurais dû refuser sa proposition si ça ne me convenait pas, répète-t-il. Et tout à coup, je prends peur, je n'aime pas le conflit, alors je m'excuse. Le remords après la faute... Il me veut soumise, je me suis montrée rebelle et, comme une enfant punie, je regrette déjà de ne pas m'être pliée entièrement à sa volonté. Si je ne lui apporte pas de satisfaction physique, j'imagine que je serai rejetée.

Cette année-là, j'avais l'âge fatidique de trente-huit ans, j'étais célibataire et je vivais toujours dans le même petit appartement marseillais depuis dix ans. Je n'avais jamais de travail très stable, je vivais au jour le jour comme une éternelle étudiante. Je faisais des piges pour une radio et des magazines sans arriver à fidéliser mes relations de travail. Je passais d'une émission à une autre et dès que j'avais un peu d'argent de côté, je claquais tout dans un voyage à l'autre bout du monde. Un jeu de fuite, de disparition et d'apparition. J'ai longtemps traîné ce sentiment de n'avoir pas trouvé ma place, associé à la crainte d'y être enfermée. Ma plus grande peur, je crois, c'était de ne pas intéresser les autres. Encore aujourd'hui, je n'ose m'imposer dans la vie des gens, j'ai l'impression de déranger. Téléphoner reste difficile, j'envoie des textos...

Je m'étais dit qu'il fallait faire un effort et j'imaginais pouvoir changer Loup, l'adoucir, le détourner de ses fantasmes brutaux, le faire bander, le faire jouir par amour. Une mission et un danger à combattre. Faire jouir les hommes, les satisfaire : un travail de femme ?

Loup s'intéressait à mes relations amicales et professionnelles, et d'un point de vue pratique, je lui offrais un point de chute quand il venait travailler à Marseille. Il était affectueux et poli quand le soleil brillait mais devenait outrageusement dominateur la nuit. On se voyait régulièrement, en alternance à Marseille et Bordeaux où je lui rendais visite de temps en temps. Au bout de quelques mois, il s'est mis à se dévoiler et m'a avoué qu'il entretenait plusieurs relations simultanées. J'ai commencé à lui poser des ultimatums pour qu'il quitte les autres, je voulais l'exclusivité. Je lui écrivais sans relâche mais la géographie lui donnait toute liberté de me mentir.

J'ai accepté de franchir d'autres étapes sexuelles avec lui, pensant ainsi le retenir. Le jour de la sodomie est arrivé naturellement. J'avais déjà essayé, souvenir contracté et saignant mais intense, pas désagréable, lors d'une bonne baise vodka-cocaïne avec un partenaire de fin de soirée, fougueux et expert. J'étais presque tombée amoureuse de lui tant ça m'avait plu ; il savait y faire, le beau peintre, quelle sensualité dans son ardeur ! Loup était plus cérébral que physique. La sodomie devenait l'autre condition pour ne pas débander trop vite. Il voulait me prendre par-derrière, pénétrer mon petit orifice trop serré, et s'il débandait au milieu de l'acte, ça ne pouvait que me soulager. À chaque fois, c'était la débandade, mais on le tentait quand même, en désespoir de cause.

Je voulais trouver une solution à son impuissance. Mais chacun à notre manière, nous étions impuissants. Plus notre histoire durait et devenait officielle, moins Loup me désirait. Une certaine affection nous reliait cependant, notre passion du cinéma, et surtout notre difficulté à nous affirmer, obstinés dans notre quête de reconnaissance. S'y ajoutait la volonté de paraître normaux en façade ; un couple de façade, c'est utile en société.

Au cours d'une de nos interminables discussions, Loup m'avait parlé du roman d'Hubert Selby Jr, *Le Démon*. Il s'identifiait à son héros Harry White, un bon fils, étudiant modèle dont les ambitions professionnelles s'accompagnent dans sa vie privée d'une dérive criminelle progressive. Désireuse de décrypter sa personnalité, j'ai dévoré ce roman abyssal aussi génial qu'insupportable. Et Loup, Loup... incapable de m'offrir un verre en trois mois, m'a pourtant dédicacé le livre quand je me le suis procuré. « Sauve-moi ! » a-t-il inscrit sur la page de garde, en lettres majuscules. J'étais émue. Ma mission, invariablement absurde : le sortir de cette fascination de la perversion, d'un mal qui menaçait de devenir exponentiel.

À l'époque, quand je regardais un film, ou quand j'ouvrais un roman, j'entrais systématiquement en empathie avec les personnages et l'intrigue. J'éprouvais de la compassion pour eux, même dans les œuvres les plus médiocres. Je ne comprenais que de façon très lointaine la portée symbolique d'une histoire. J'y cherchais les points d'ancrage qui me manquaient pour affronter le réel. Dans un roman, tout est écrit selon des rouages narratifs bien précis et je rêvais en secret de me laisser porter par la vie comme un personnage de fiction dont l'itinéraire est tracé d'avance par un ange protecteur. Un saint esprit. Je me rêvais héroïne triomphante dans un livre écrit par un dieu compatissant, sans m'impliquer plus que ça dans l'existence. Je préférais croire aux hasards objectifs, les événements révéleraient leur sens à posteriori. Je voulais croire à la chance bon gré mal gré. *Le Démon* est venu contredire mon espoir d'angélisme. En restant avec Loup, j'acceptais qu'il soit ce personnage diabolique.

Je me suis toujours sentie en danger en compagnie des hommes. Dès l'enfance, je me savais menacée. Une tentative de viol à l'adolescence m'avait convaincue de leur férocité. Loup représentait cet obstacle à vaincre. Me suis-je attachée à lui pour terrasser le dragon ? J'étais la victime programmée à qui le bourreau offrait un défi d'émancipation. Le sauver, lui, c'était me sauver moi-même et donner une chance à ce qui était mort en moi depuis longtemps : la confiance. Accueillir le mal dans mon ventre, m'unir à lui, c'était m'accorder une opportunité de salut, réparer ce qu'on m'avait fait et qui se pratiquait partout et chaque jour : la violence faite aux femmes. J'avais entre les mains le destin de l'assassin sanguinaire, un Harry White en début de carrière. Je voulais me prouver que j'étais capable de freiner sa chute.

Un soir, Loup m'a montré un clip de rap US sur YouTube. Il a comparé mon postérieur aux fesses gonflées à la graisse de poulet des danseuses. Il a entrepris de me sodomiser et l'accident s'est produit. Il a ressorti son sexe entièrement souillé. J'étais dégoûtée de ce qui s'était passé, coupable d'impureté, et j'ai refusé de continuer. Il est reparti chez lui. Pas un mot là-dessus. On ne s'est pas vus pendant des semaines. On a continué à converser chaque jour sur Facebook, pourtant. On n'abandonnait pas.

Dans un sursaut d'optimisme, un mois plus tard, je l'ai convié à me rejoindre un week-end chez un ami scénariste, dans un hôtel particulier sur la Loire. D'antiques statues bordaient les vastes couloirs menant aux chambres, un lustre de cristal illuminait le salon, une collection de costumes d'opéra destinés aux convives les jours de fête était conservée au grenier. Un décor de conte de fées. Mon hôte m'a invitée à porter un costume, j'ai choisi celui de la princesse Hermia du *Barbe-Bleue* d'Offenbach. J'ai revêtu pour la soirée la belle robe de satin blanc, à longue traîne, taille maintenue dans un corset, décolleté fleuri d'une guirlande de marguerites en dentelle.

Loup est arrivé tard, ténébreux et fier. Le dîner était presque terminé, on l'avait attendu longtemps. Très à cheval sur la ponctualité, j'étais offusquée. Il était systématiquement en retard, manière de se faire désirer ou manque de désir ? Je le prenais contre moi. Il s'est lancé alors dans une déclaration, la première, la seule. Mes deux amis étaient un peu surpris mais touchés. Dans l'ivresse, ses mots d'amour offraient un écho étrange au lieu, comme un *Nocturne* de Chopin joué dans la chambre voisine sur un vieux piano désaccordé.

Six mois auparavant, au début de notre histoire, je lui avais dit « je t'aime » au détour d'un baiser. C'était sorti tout seul. J'avais aimé sa façon de m'embrasser, mon cœur s'était emballé. Les neurologues ont prouvé récemment que les réactions chimiques en cas de coup de foudre ou de grand stress sont analogues. Dans les deux situations, notre organisme réagit en libérant de la noradrénaline, un messager chimique responsable des mêmes symptômes : le cœur bat, les pupilles se dilatent... Je voulais croire que c'était de l'amour. Loup en avait été déstabilisé, presque agressé. Il avait rétorqué sèchement :

– On ne dit pas des choses comme ça si vite.

J'avais ri.

– Moi, je sais ce genre de choses tout de suite.

Je voulais croire à l'amour au premier regard, *Love at first sight*. J'avais besoin d'aimer et d'être aimée, un besoin profond et urgent. Sa déclaration publique dans le château magique m'a chagrinée, j'y ai vu une manœuvre pour séduire mes amis.

Une fois seuls dans notre chambre, appelez-moi Justine désormais, je me suis départie de ma vertu mais j'ai gardé mon costume. Loup, nu, exhibant son sceptre dressé sur le grand lit à baldaquin, me présentait le dessert, un bâtonnet glacé arôme amande amère. La proposition était alléchante. Une occasion rêvée de le satisfaire. J'étais confiante. Nous prendrions du plaisir tous deux sans contrainte.

Loup a commencé à orienter les mouvements de ma tête entre ses deux mains de façon autoritaire et frénétique. Soumise à ses impulsions toujours plus vives, je pensais à *Gorge profonde*, le porno culte des années 70, découvert adolescente avec une copine, un soir en rentrant du lycée. Comme Linda Lovelace, dont le personnage possède un clitoris au fond de la gorge, j'espérais connaître une jouissance inédite. Brusquement, Loup me donne un coup sur la tête et écrase sa verge sur mon larynx, déclenchant un haut-le-cœur violent. Ma respiration se coupe net. Prise de panique, j'agite les bras pour me dégager. Ces dix malheureuses secondes d'asphyxie m'ont paru une éternité.

Il m'avait étranglée, tout à son plaisir. J'ai levé vers lui mes yeux brouillés de larmes, affolée. Plus de peur que de mal. Il s'est épanché en excuses confuses. Il n'avait pas mesuré son geste, il ne recommencerait plus. L'acte interrompu, ne restait que la sensation de crainte mêlée au ratage, le beau costume souillé par mon désenchantement.

Réveillée très tôt le lendemain, j'ai laissé Loup dormir. Je tournais en rond dans la cuisine. Je me sentais trop vulnérable en sa compagnie. Plus tard, sur la route du retour, je lui ai demandé de me raconter par le menu l'histoire de ses relations amoureuses. J'essayais encore de le comprendre. Il aimait tant parler de lui. Il a pris une grande respiration nasale avant de dérouler : la première petite amie qui l'avait défloré à seize ans, le sang des règles qui l'avait horrifié ; la fille d'en face qui se caressait devant sa fenêtre ; la jeune lycéenne qui se prostituait pour s'acheter des Louboutin et qu'il écoutait faire ses passes dans la chambre attenante au salon où il veillait à ce que tout se « passe » bien…

Je l'écoutais, abasourdie. Loup s'observait comme un personnage de fiction. Il adorait se regarder dans le miroir, exhiber son corps. Il se racontait en Dorian Gray des années 2000, fier de partager son secret. Je le voyais descendant du grenier son portrait défiguré pour le comparer à son visage immaculé. Je l'imaginais donnant une conférence pour expliquer le mécanisme diabolique, traçant sur la peinture ensorcelée la cartographie de ses méfaits : « Vous voyez ces rides au coin de la bouche ? Elles sont apparues quand j'encourageais une adolescente à se prostituer. Et ces pustules sur le front ? C'est le jour où j'ai enfoncé si violemment mon sexe dans la gorge de Claire qu'elle a failli mourir étouffée. »

Après ça, Loup est devenu un sujet d'étude. Je me suis mise à noter ses réactions dans un carnet. Il débordait d'attentions dans l'intimité de la chambre, mais lorsqu'il sentait mon désir renaître dans le fatras de mes craintes accumulées, il entrait dans un processus de fétichisme inquiétant. Il me demandait par exemple de nouer mes cheveux en chignon. Ma nuque provoquait une érection « instantanément, c'est fou », mais ça n'allait pas plus loin. Je haïssais ces moments, je me sentais instrumentalisée, bibelot parmi ses bibelots, photo épinglée sur son mur. Un soir chez moi, il a longuement caressé mes jambes à travers mon collant, chaque millimètre d'élasthanne sur mes cuisses, mes fesses, mes chevilles, mon ventre, et me sentant tremblante de désir, il m'a annoncé qu'il devait partir, me laissant frémissante et tout à fait désemparée.

Mais qu'est-ce qui nous maintenait attachés l'un à l'autre ? Loup me reprochait de ne pas être vraiment amoureuse, d'aimer le sentiment, plus que lui. Face à ses problèmes récurrents avec les femmes, son désintérêt progressif pour mon corps, il s'interrogeait ouvertement sur ses orientations sexuelles. Sa précédente copine l'avait traité de « pédé » à force de frustration. « L'amour et le désir n'ont pas de genre, lui avais-je écrit pompeusement. Tu peux désirer et faire l'amour avec n'importe qui, homme, femme, trans', ce qui compte, c'est la curiosité et l'envie d'entrer en connexion avec l'autre. » Mais pour Loup, tenter d'y entrer, pénétrer dans sa maison, visiter toutes les pièces – ou, comme le dit si joliment Gilles Deleuze, « embrasser tout un paysage » –, était-ce seulement envisageable ?

Le jour de son anniversaire, il m'a demandé en guise de cadeau de me rendre avec lui dans un club échangiste. Il a pris mille précautions, insistant pour exaucer ce fantasme ensemble. J'ai accepté, bien que la baise collective ne m'intéresse pas. J'étais néanmoins curieuse de ces endroits de luxure, tout en étant rebutée d'avance par le sordide des chairs flasques à demi molles et par cette ambiance de prétendu libertinage qui échoue toujours dans des endroits trop kitsch ; tout cela manque de classe.

Loup m'a emmenée en taxi au Musk, nouveau club à la devanture noire, sans enseigne, niché derrière le Vieux-Port de Marseille. « Glamour, chic et onirique », annonçait le site Internet, montrant de jeunes créatures masquées façon *Eyes Wide Shut*. En poussant la porte du minuscule établissement, j'ai eu l'impression de pénétrer dans un magasin de farces et attrapes. Rideaux de velours noir, chandeliers en plastique argentés, faux masques vénitiens, tout était toc. Dans ce couloir exigu, on nous a incités à boire un verre et à choisir nos masques. Le soulagement de ne pas être reconnue. Loup m'a invitée à passer dans le salon où deux filles et un garçon d'une vingtaine d'années lui faisaient particulièrement envie. À son approche, le trio a détourné le regard et est allé se tapir dans un recoin sombre.

En face, un couple de quinquas se pelotait sur une banquette de latex noir. Loup nous a installés juste à côté, il a commencé à me déshabiller, les yeux rivés sur leurs peaux plissées, et a sorti son sexe pour se masturber. Je me sentais mal à l'aise mais laissais faire. J'avais le sentiment d'avoir appris ça très tôt, comme beaucoup de femmes à qui on intime de se laisser diriger, de subir une situation qui nous échappe, sans poser de questions, sans se lever et se casser, ne pas pouvoir jouer sur un pied d'égalité avec les hommes, ne pas pouvoir jouir sur un pied d'égalité avec les hommes.

Loup a rejoint la femme blonde, sa main a avancé, timide, sur son bras pour gagner sa poitrine ; je voulais rester à l'écart mais l'homme s'est rapproché. Naturellement, nous étions dans un club échangiste, tu prends ma femme, je prends la tienne. Je ne lui opposais aucune résistance – ce n'était pas désagréable au fond de se faire mettre des doigts, mais il n'était pas question d'aller plus loin avec lui. Tandis que Loup s'affairait avec la dame, je m'abandonnais, regardant de biais les événements, comme une souris de laboratoire, nihiliste, soumise à une expérience scientifique. L'homme a provoqué une grande éjaculation en m'astiquant. L'eau a jailli et inondé la banquette. Loup a assisté à la scène, lui qui ne m'avait jamais donné d'orgasme puissant. Mon nouveau partenaire, en fin technicien, connaissait la mécanique : il savait qu'il faut à la fois stimuler la partie saillante du clitoris et l'intérieur de la vulve. Satisfait de sa prouesse, il a recommencé pour montrer qu'il méritait son diplôme et ne ratait jamais son coup. J'avais au moins la preuve que mon corps fonctionnait, la machine avait été révisée, deux bonnes vidanges et on pouvait reprendre la route.

Loup et la blonde continuaient à se bécoter, mais Loup ne bandait pas. Une jalousie affreuse m'a envahie. Il l'embrassait avec une ferveur étrange. J'abhorrais cette position de voyeuse dans laquelle il me plaçait. « Je voudrais partir », ai-je murmuré quand le couple a proposé d'aller boire un verre. Leur faire la conversation était au-dessus de mes forces. Loup a insisté, c'était son anniversaire. Nos vêtements réajustés, nous nous sommes retrouvés face à face dans l'espace-bar, à mimer une forme de civilité. « Claire, Françoise, Loup, Michel... » Les masques ont été enlevés et Loup a engagé gaiement la conversation. Ils vivaient à Paris. Ils avaient l'habitude de se détendre dans les clubs échangistes de la Côte d'Azur ; ils étaient complices, assez touchants, presque sympathiques. Je restais distante toutefois, répondant poliment aux questions, telle une fille bien élevée qui se laisse embrasser par un vieil oncle libidineux...

Le couple voulait remettre ça au sous-sol, et revoilà Loup sur Françoise. J'ai redemandé à Loup de partir. J'ai décliné gentiment les avances de l'homme, c'en était trop. J'ai pris mes affaires. Loup a été contraint de suivre ma colère, la queue entre les jambes.

Qu'est-ce qui me retenait de le quitter ? Manquais-je de force et de courage ? Qui n'a pas vécu de telles situations ? On est enfermé dans un système qui ne nous convient pas, ne pouvant imaginer d'autres expectatives, tournant en boucle dans les nuances de gris, rêvant d'une éclaircie, la lumière au bout du tunnel pénétrant la caverne humide de nos aspirations, la lumière d'une conscience articulée qui permettrait de déconstruire notre rapport aux autres ? Nos relations affectives ne sont-elles pas le foyer de l'inconscience ?

Au moment où je vivais cette histoire dénuée de sentiments sincères, je ne pense pas. J'avance dans le brouillard. Je consens à vivre ces expériences, éprouvant la solitude et l'isolement comme un traumatisme, je ne rencontre personne d'autre, je vis dans la peur panique de n'être jamais aimée. Je suis en prise avec la frustration et l'impuissance. J'ai pitié de la médiocrité de cet homme. Mes peurs se sont cristallisées en lui, il est mon symptôme. Je m'adapte à ce que la vie m'offre et je fais preuve d'une grande souplesse. Cependant avec le temps, le bois s'est durci et le roseau, prenant de la hauteur, s'est rigidifié et a fini par se briser.

Au début de l'été, la programmatrice d'un centre d'art du Lubéron m'a proposé d'animer des conférences. L'épisode scabreux du Musk était oublié et j'ai suggéré à Loup de m'accompagner pour concevoir avec moi des rencontres autour des chansons d'amour dans le cinéma des années 30. *Y a de la joie, bonjour, bonjour les hirondelles*. J'étais heureuse de le retrouver pour travailler ensemble dans cet ancien relais de poste transformé en hôtel chic, au milieu des oliviers. Loup m'a vite abandonnée à mon bureau pour aller bronzer au bord de la piscine et bavarder avec toutes les femmes qui s'y trouvaient. La tension est montée peu à peu. Il n'y accordait aucune attention. Le soir au dîner, il jouait au gentil compagnon amoureux, puis s'endormait sans me toucher.

Un après-midi, il est sorti se pavaner comme à son habitude, en laissant son ordinateur allumé. Des messages s'affichaient en continu sur Messenger, assortis de bips répétitifs. En temps réel, j'ai découvert les missives érotiques adressées à une femme, quittée prétendument quelques mois plus tôt. « Envie de mettre ma bouche contre la tienne... Presser mon corps contre le tien... T'embrasser partout... Caresser tes fesses... T'entendre jouir... Te regarder ressentir le plaisir, épuisé de tant de sensations. On se retrouvera en août, tu me manques. »

Les possibilités de subterfuges sexuels que j'avais envisagées avec Loup étaient désormais balayées. Nos discussions infinies n'avaient jamais abouti qu'à des promesses non tenues. J'en concluais enfin que Loup s'intéressait davantage à la langue qu'au cul.

Le dernier soir, je lui ai asséné qu'il était indigne, un méprisable menteur qui ne pouvait vivre que d'interdits. Il a pleuré... Liquide amertume, ou honte coulante ? L'argument du *Démon* n'avait été qu'une mise en scène spectaculaire pour cacher un manque de profondeur et une soif inextinguible de séduction. Le beau parleur biaisait sans baiser. Il jouissait, Don Juan de pacotille, à passer d'une femme à une autre, espérant une possible rédemption.

Le vent soufflait et déformait son visage.

Notre relation n'avait été qu'un jeu d'aliénation. Tel un saint-bernard du sexe, je n'avais rien compris à ce pâle Narcisse, penché au-dessus de l'eau pour admirer son portrait mouvant. J'avais plongé au fond du lac noir pour en explorer les abysses, et je m'étais cassé le nez dans la mare aux canards. Plouf ! On ne m'y reprendrait plus. La schizophrénie affective de la fille bien élevée s'était noyée à jamais. Plouf et re-plouf !

La musique ne doit jamais s'arrêter

Delphine

On est à la soirée Arte au Trabendo, le son est extra, viens !

J'ai rencontré Ludovic il y a une semaine par l'intermédiaire d'Iris, une amie chanteuse. Fils spirituel de Jacno et Franco Battiato, ce dandy pop collabore avec de jeunes musiciens de la scène parisienne. La sortie de son nouvel album, une épopée romantique aux accents rétro-futuristes, est restée confidentielle. Le mois dernier, il a travaillé à la réalisation du dernier disque d'Iris. « Je suis folle de ce type ! Bosser avec lui est un calvaire, il pue le sexe, il ne pense qu'à ça. Mais je ne veux pas tout mélanger, tu comprends ? » disait-elle. Pourquoi pas ? N'est-ce pas le principe de la sexualité ? Un mélange de chair, un bon mix de sentiments, un mash-up d'individualités ?

J'arrive à minuit dans cette folie du parc de la Villette. Cinq cents personnes sont agglutinées sous les écrans bleus irradiants autour de la scène centrale et sur les échafaudages montés pour le tournage. Je descends l'escalier et fonce au bar prendre un gin tonic avant de m'immiscer dans la foule frémissante. J'aperçois Ludovic sur la piste. On le repère de loin avec son mètre quatre-vingt-dix, casquette rose sur la tête pour cacher sa calvitie naissante. Yeux noirs clignotants, visage Renaissance au nez aventureux, petite bouche charnue, oreilles décollées, cheveux de Roméo, Ludovic porte une veste noire cintrée, une chemise bleu clair et un jean délavé, il se déplace avec souplesse. À peine l'ai-je rejoint qu'il se presse contre moi, « T'es belle ce soir », et m'embrasse. Sa manière impérieuse de m'emballer me gêne un peu. Pourtant, je me laisse faire, par désœuvrement. Nous dansons. On se roule des pelles et on parle de la musique. La soirée est filmée, les caméras attrapent nos mouvements et nos premiers baisers, ça risque de faire jaser, si Iris voit ça !

Accablée par la techno surpuissante qui envoie de façon trop répétitive des coups de pied à vous en faire vibrer le fondement, je sors sur la terrasse, où je croise une connaissance. Après deux verres de gros rouge, je reviens sur le dance floor. Ludovic, à l'horizon, drague une petite brune piquante. Son ami Adrien m'interpelle : « Rien ne t'échappe dans ses manœuvres ! » On rit et Ludovic s'approche de nous. Il entame une conversation étrange sur nos affinités sexuelles. Un bruit court à mon propos. « Il paraît que tu es bi, le genre de femme qui touche à tout. » Je souris sans commenter. Quelle importance ? La musique nous tape sur le système, on décide de bouger.

Ludovic nous embarque en taxi, Adrien, la petite brune et moi, pour aller dans une boîte de nuit en face du Louvre, à la soirée de lancement du nouveau magazine *Playboy*. Le titre iconique créé il y a plus de soixante ans par Hugh Hefner est de retour dans les kiosques français. Il s'adresse désormais à des hommes qui aiment le design… Dans le taxi, l'ivresse est trop forte, nos conversations ne sont que balbutiements décousus. Au VIP Room, des filles avec des oreilles de lapin, short moulant noir, bas résilles, baskets et tee-shirt à l'effigie du journal, nous accueillent sous les néons roses et violets qui colorent une faune tape-à-l'œil de journalistes, de jeunes gens en goguette, musiciens et producteurs. Le DJ passe mon dernier single et la troupe impressionnée me félicite pour ce morceau d'électro-pop racé. Champagne ! Ludovic nous arrose avec générosité. Nous quittons le zinc, coupe à la main, nous frayant un chemin à travers la marée humaine pour nous enfermer dans les vapeurs du fumoir, irrespirable. Je papote un moment avec Adrien pendant que Ludovic entreprend la petite brune. La gamine le regarde avec un air mutin. Ses longs cils frissonnent à chacun de ses mots, elle recoiffe son épaisse chevelure à intervalles réguliers, et les yeux de Ludovic roulent sur son beau visage comme de grosses roues de carrosse. Ça a l'air de prendre cette affaire. Je déclare forfait et monte sur le podium me trémousser. Puis, lassée de tant de vacuité existentielle, je décide de rentrer me coucher. Il est déjà 3 heures.

Quand je décolle pour aller donner un concert à Tanger, la semaine suivante, Ludovic m'envoie de gentils messages pour s'enquérir de ma forme. Il rend visite à une amie dans le Sud-Ouest, promet de m'y faire venir pour tourner un clip et faire des roulades dans les dunes ; il veut filmer des teckels au ralenti, des courses de Bugatti dans le sable, il veut du *slow motion*, me parle de ma bouche, mon incroyable bouche, et glisse qu'il est malheureux mais n'en précise pas la raison. La mélancolie du chanteur est un symptôme que je connais bien. Je suis touchée par ses compliments, ses attentions, sa confession de pauvre chien battu. Le lendemain matin, en écoutant la voix du muezzin résonner dans la ville blanche, je me mets à espérer le revoir.

Tanger et ses mille rues étroites font courir mon imagination. Je veux explorer la casbah où William S. Burroughs junkie de l'Interzone a trouvé en son temps un havre de paix pour se livrer sans contrainte à ses plaisirs et ses addictions, une planque pour vivre son homosexualité, se défoncer à l'héroïne et écrire *Le Festin nu*. Je vois défiler les images du film halluciné et psychédélique de David Cronenberg. Je songe aux soirées de Paul et Jane Bowles. Je m'imagine traîner dans les rues avec Christophe et l'écouter fredonner *Le Beau Bizarre* dans ces cafés sans âge. J'envoie un message au dernier des Bevilacqua pour lui signaler que je suis dans sa ville de cœur. Il me propose les clés de sa maison pour pouvoir séjourner ici plus longtemps et me donne l'adresse de son restaurant préféré. « Va dîner chez Abdou ce soir, appelle mon ami Sousou le taxi, il te guidera dans la Tangerine, il est beau comme Freddie Mercury. »

Par les fenêtres de ma chambre, je contemple le port sous le soleil matinal. Hier, le concert avec mon groupe a été un succès. Voyager et chanter, ma vie préférée. Après avoir pris quelques clichés de la vue que j'instagramise dans la seconde, je lance les titres du disque de Ludovic. Sa voix a des intonations gainsbouriennes à la fois détachées et précieuses ; sa musique est un mélange de variété seventies et de disco ; des chœurs lyriques et des cordes se déploient sur des rythmiques électroniques. Ça ne parle que de femmes, elles semblent lui poser pas mal de problèmes. Je pense sans arrêt à sa bouche depuis qu'il m'a parlé de la mienne. Ça fait plus d'un mois que je n'ai pas baisé.

Je profite de cette matinée de liberté pour aller au hammam du spa de l'hôtel. Telle Marlene Dietrich dans *Morocco,* je traverse le grand hall en peignoir, et les statues s'inclinent sur mon passage… Au Wellness Center, une jolie Marocaine potelée d'une quarantaine d'années m'accueille et me fait pénétrer dans une salle de pierre rouge et marbre gris. Les vapeurs brûlantes m'étourdissent. « Prenez une douche ! » Je m'exécute, docile, avant d'être enduite de savon noir à l'eucalyptus. Elle m'installe sur la stèle de marbre bouillante, recouverte de la mixture visqueuse. Mon corps se délasse, mes membres s'enfoncent dans la torpeur. Au bout de cinq minutes, la femme me tire par le bras pour m'aider à me relever. Nous rions tandis que je dérape à chaque mouvement. Ses mains me rincent, m'aspergent d'eau tiède et m'enduisent de nouveau de la tête aux pieds d'une sorte de terre glaise pleine de fibres, du rhassoul. L'argile sur mon corps chauffe et fond, mon cerveau ramolli se mue en un magma de silicates coulant, lave en fusion, je m'assoupis mais les mains dodues m'empoignent, me redressent avec énergie pour me coller sous la douche et me rincer. Des gestes précis, mécaniques, efficaces. La femme me demande de tourner mon visage vers le mur et me balance une poignée de gros sel piquant dans le dos, qu'elle masse avec vigueur. Une pluie de fleurs d'oranger explose alors sur mon épiderme. Rinçage. La force tellurique de cette femme me remplit de joie et de vitalité.

Elle m'ordonne maintenant de m'allonger sur une table de massage.

En pétrissant mon dos avec ses avant-bras robustes, elle écrase par intermittence ses deux énormes seins sur ma tête. Oh, délice des gros seins doux qui rebondissent en rythme sur ma joue rougie ! Quand elle change de côté pour malaxer mes cuisses et mes fesses, la peau de ses bras effleure ma chatte qui s'anime. Je glisse dans un demi-sommeil. Je vois des litres de miel couler sur mon sexe, les derniers ours blancs du pôle Nord viendront bientôt laper cet élixir. Ils s'approchent dangereusement. « Madame, madame ? Vous pouvez remettre votre peignoir, c'est terminé. »

Je retourne dans ma chambre, le corps dégoulinant d'huile, les ours blancs meurent de faim sur la banquise et mon anémone de mer palpite. De grosses langues pendent dans le désert de glace, exsangues. Je me lave des caprices de mon corps. Douche. Je m'asperge frénétiquement, ne résistant pas à diriger le jet d'eau entre mes cuisses. Vulve rose éclaboussée. Frisson. Les seins rebondis de la masseuse tournent dans un nuage liquoreux, un essaim d'abeilles butine ma fleur sacrée, qui s'ouvre dans un faisceau orgasmique, un jus d'avocat sucré jaillit dans le soleil de midi.

Devant le miroir, je chante : « Amour, amour, je t'aime tant, je t'aime tant. » Les grandes palmes s'agitent dans le vent, il est temps de sortir déjeuner.

Nous marchons avec mon équipe jusqu'à la mythique librairie des Colonnes. Quand nous en poussons les portes, je suis enivrée par son odeur de bois de cèdre. En parcourant les rayonnages, je tombe sur un entretien rare de Burroughs et Gysin sur la Dream Machine, unique œuvre de l'histoire de l'art à contempler les yeux fermés : un cylindre de papier épais, ajouré de motifs réguliers, avec, en son centre, une ampoule allumée qui tourne sur la platine d'un électrophone ; sa rotation diffuse des flashs lumineux sous les paupières et provoque des hallucinations. Le rêve s'ouvre à moi.

Nous filons ensuite au café Baba, pèlerinage en hommage aux Rolling Stones. Les photos jaunies de Mick Jagger et Keith Richards décorent les murs bleus, une épaisse fumée blanche baigne la salle où touristes et Marocains jouent aux cartes, un joint coincé à la commissure des lèvres.

Bercés par les vapeurs du kif, nous nous promenons tout l'après-midi dans la médina, entre les étals de viande, de fruits et légumes, de sucreries, les odeurs onctueuses et aigres du marché couvert. Une tête de mouton dépecée nous observe avec ses yeux exorbités, près de pyramides de clémentines. On fait le plein d'épices, de bâtons de cannelle, d'olives, de nougat aux amandes et de babouches. Le soir, après un grand dîner alcoolisé chez Abdou, Sousou nous trimballe dans son taxi, fenêtres ouvertes sur la baie, chansons de Christophe à haut volume, « à aimer ce que tu es, à aimer ce que je suis, en somme, aimer ce que nous sommes », grisés par les volutes du haschich que fume notre conducteur.

Retour à Paris le lendemain, message de Ludovic :

Bal masqué au Chacha, on s'y retrouve ?

J'arrive seule dans ce club cosy fréquenté par le show-biz. Je monte à l'étage. Les petites pièces en enfilade et la déco des années 30, fauteuils de cuir capitonnés, miroirs dorés et lumière tamisée me font penser à une maison close. Ludovic n'est pas là, j'attends en sirotant un Negroni et miaule d'impatience dans ma robe léopard. Ludovic débarque une demi-heure plus tard avec des amis. « T'es déjà là ? s'amuse-t-il. Tu étais pressée de me retrouver ? » Il arbore un haut-de-forme très ancien, un peu aplati, doublé d'un satin rouge usé jusqu'à la corde, un loup noir qui lui donne des airs de Fantômas. Il me présente son meilleur ami, Georges, qui sort avec Iris. Ces trois-là se racontent tout. Iris sort-elle avec Georges pour rester proche de Ludovic ? Cette sitcom me fatigue déjà.

Un chanteur hirsute hurle des textes incompréhensibles avec une sorte de bonhomie punk. Ludovic, très tendre, me répète « Tu es belle ce soir » en faisant courir ses mains sur mon corps. Il se colle à mes fesses pour onduler. « On prend moins de place dans cette position. » Il part régulièrement aux toilettes boire de l'eau, sniffer de la coke ou écrire des textos. Au bout d'une heure, il commande un taxi pour nous emmener à L'Alimentation générale, rue Jean-Pierre Timbaud. Derrière une devanture bleue aux larges vitres, la grande salle décorée façon brocante abrite un long bar, un restaurant et une petite scène, où se mêle un public jeune et populaire. Le DJ fait tourner ses vinyles de rock sixties sur la platine.

Ludovic sert du champagne à ses amis, il y dissout deux grammes de MDMA qui montent très vite au cerveau. *You Really Got Me* des Kinks nous emporte dans des chorégraphies endiablées, transe sur le solo de guitare de Jimmy Page. Ruisselants de sueur à la fin du morceau, nous décidons d'échanger nos habits. Je donne ma robe léopard à Georges qui remet son blouson de cuir à Gustave qui me file sa veste de smoking, je suis transfigurée en Rihanna blonde, body et collants. Le niveau de *sexyness* atteint désormais 100 %. La foule autour de nous se réjouit de cette métamorphose et photographie ces créatures pétillantes pour diffuser les clichés sur des réseaux sociaux. Queen D. est dans la place, une cohorte de soupirants travestis à ses pieds. Ludovic passe son temps à discuter avec la femme de Clément dans l'espace fumeurs. Je m'amuse avec Georges, Clément, Gustave et quelques inconnus jusqu'à la fermeture. À quatre heures, on nous éjecte dans le froid pluvieux de décembre. Clément et sa femme rentrent chez eux. Je propose aux autres de finir la nuit au chaud dans mon appartement, à deux pas.

Ludovic, Gustave et Georges s'installent sur mon lit. Gustave me manifeste de façon assez directe son intérêt, je m'esquive pour mettre un morceau sur mon tourne-disque, *L'Amour à plusieurs* de la sulfureuse Ann Sorel, qui précise : « C'est pas bon pour le cœur. » Le jour se lève, Gustave rapproche son visage du mien avec insistance mais je m'incline vers Ludovic, absorbé par les arrangements de cordes orientaux de Jean-Claude Vannier, et me blottis dans ses bras. Georges s'est assoupi et Gustave, vexé, quitte l'appartement. Nos bouches charnues s'accolent et nos langues se mélangent comme deux tentacules de poulpe en suspension dans une extase d'encre noire, mes mains caressent son duvet de cheveux roux. Ai-je déjà touché un être aussi doux ? Son corps élancé, sa peau si pâle, ses cheveux fins ont la suavité lasse des aurores estivales, liquoreuse comme le vin de prune japonais que nous buvons en écoutant Gainsbourg. Par moments, nous mimons les sentiments exprimés dans les chansons, le rire discret de la nuit blanche illumine nos yeux hagards qui se plissent et se ferment comme des battements d'aile au ralenti, nos pupilles trous noirs absorbent la douceur de l'aube et dilatent la mélancolie de l'hiver. Faut-il aimer ce que nous sommes ? Somnambules errants dans un halo de chimie sensuelle.

Ludovic enfouit son visage entre mes cuisses, ses mains pétrissent mes fesses. Georges s'est réveillé. Il s'installe au piano et pose ses doigts sur les touches pour interpréter *Je t'aime moi non plus*, je fredonne à voix basse. Ludovic écarte la dentelle de mon body pour glisser sa langue à la naissance de mon sexe. Le serpent du jardin d'Éden distille son venin, sa langue bifide s'enroule au pli de mes grandes lèvres, ses doigts frôlent ma chair. Impossible d'aller plus loin devant le pianiste et si Georges s'en allait, la musique s'arrêterait. La musique ne doit jamais s'arrêter.

Midi. Nous déjeunons hilares, encore sous l'effet du philtre d'amour. Sur la platine, *La Javanaise* me souffle de ne jamais revoir Ludovic, « Nous nous aimions le temps d'une chanson ».

L'incube

Juliette

Je m'endors sur le ventre, une main calée sur mon sexe dont je caresse les poils comme un doudou, j'ai toujours fait ça. Quand j'étais petite, j'arrivais même à m'endormir en boule, les genoux repliés sous mon ventre, le front sur l'oreiller, glissant les mains sous mes fesses comme sur la photo de Man Ray, *La Prière*.

En m'enfonçant dans le sommeil, mes pensées se libèrent, bulles s'échappant en volutes circulaires… Avec une copine d'adolescence, on appelait ça la « Cylindrie » : un royaume de divagations géométriques où les formes et les idées se confondent. Je m'endors ainsi depuis longtemps.

Je couvre mon sexe et caresse son pelage, en guise de protection. Dans les sphères tournantes d'Hypnos, un monde vibrant s'anime. À quel âge ai-je vu pour la première fois, dans la peinture de

Füssli intitulée *Le Cauchemar*, la figure de l'incube ? Cet esprit maléfique qui surgit la nuit, ce faune aux pieds de bouc traversant les murs pour pénétrer les innocentes et engendrer des êtres hybrides qui détruiront le monde. Je redoute son intrusion.

Je n'arrive plus à me rappeler quand tout a commencé. Petite, l'obscurité me terrorisait. Lorsque mes parents me demandaient d'aller chercher le linge à la cave, j'imaginais toujours un démon tapi dans l'ombre. L'interrupteur n'était qu'à quatre pas de la porte. Expédition risquée pour l'enfant craintive que j'étais. Cette peur m'étreint encore chaque fois que j'avance dans le noir. La nuit, tout est flou et indistinct. Les sons s'amplifient, ils forment une trame profonde et mouvante qui envahit les recoins sombres. En Cylindrie, les bruits deviennent des entités vivantes. Je m'absorbe dans cet espace-temps recomposé et souvent je rêve que je dors. Je me vois assoupie sur le ventre, sous ma couette. J'entends qu'on entre dans ma chambre. Mon corps est engourdi, je peine à bouger. Je voudrais me retourner mais la menace-fantôme me maintient, visage enfoui dans les ténèbres. Et la nuit m'enserre plus fermement entre ses griffes.

Il se tient à côté de moi, je retiens mon souffle. Sa main puissante s'enfonce dans mon épaule. Je voudrais crier, me débattre, mais le péril est trop grand. Arrêter de respirer, faire la morte pour ne pas subir son assaut. Sa grosse patte me transperce. Saisie par la terreur, je me réveille. Ouvrir les yeux est éprouvant. Je reste longtemps sur mes gardes, pétrifiée. Au bout d'une demi-heure, je me raisonne. Ces créatures diaboliques n'existent pas. J'allume la lampe de chevet. Je suis seule, je sors du lit avec précaution, pousse la porte de la salle de bains, personne. Le salon est désert, les fenêtres sont closes, la porte d'entrée est verrouillée… Je respire de nouveau.

Du plus loin qu'il m'en souvienne, rien de tel ne s'est manifesté avant mes vingt ans, hormis une sensation étrange la première fois que j'ai fait l'amour avec un garçon. Ça ne m'avait pas fait mal, je n'avais rien ressenti du tout lors de la pénétration. J'avais attendu deux jours pour lui dire que c'était ma première fois. Paul, longs cheveux bruns ondulés et yeux de biche, s'était incliné vers moi, songeur : « Pourquoi tu ne m'as rien dit avant ? Tu n'as pas eu mal ? Tu n'as pas saigné ? » Non, rien, aucune sensation. Comme si je n'avais pas eu accès à mon corps à ce moment précis.

Quelques années plus tard, je partage un appartement de banlieue avec Charles, mon premier amour. Je découvre la vie de couple, la joie de le retrouver le soir – je vais à la fac, lui travaille dans une agence d'architecture. Un jour, il m'offre une bande dessinée dont il dit apprécier les dessins. Je lis les premières pages et je m'arrête, incapable d'aller au bout. Ça raconte le viol d'une fillette. Je range le livre au fond d'une étagère. Je n'en reparlerai jamais avec lui. Je pars un matin avec mes affaires, oubliant la BD.

Des mois après notre séparation, dans le nouveau studio où j'habite désormais seule, des images remontent, en pleine Cylindrie, comme un film intérieur qui s'anime sans crier gare sous mes paupières.

Dans ma chambre d'enfant, culotte baissée, le chien sur le dos.

Cette image choquante me mortifie. Est-ce possible à sept ou huit ans ? Une honte tout agglomérée de doute se grave en moi. Ai-je provoqué ou subi cet outrage ? Je me sens coupable. Et le cauchemar devient récurrent.

À l'approche de la trentaine, je m'arme de courage et décide d'en parler à ma mère. Nous sommes dans la chambre de mon petit frère qu'elle est en train de ranger. Je la sens démunie. Elle pose les objets avec une lenteur inhabituelle. « Est-ce qu'il a pu se passer quelque chose quand j'étais enfant ? » Je demeure prudente. Elle, soucieuse, interdite. J'émets quelques hypothèses sur des hommes de ma famille. « En tout cas ce n'est pas ton père, impossible. Pour le reste, je ne sais pas. » Elle balaye mes questions et mon trouble d'un revers de phrase.

Dans les années qui suivent, le fantôme continue à venir de manière circulaire, dans des scénarios oniriques variés en fonction des époques, de mon état.

15 avril 2000. Je note au réveil dans mon journal : « Oppression. Un type me dit : "On peut toujours s'excuser avec l'alibi du viol. Ce n'est qu'un fantasme, pas la réalité." Je suis pourtant convaincue d'avoir subi un traumatisme. Je suis

tellement sujette à l'angoisse et à la dépression ces temps-ci. Mettre fin à mes jours ? Non ! Je n'ai pas assez accompli de choses ! Je veux vivre ! J'ai une violence immense en moi qui ne peut s'exprimer. Une peur chronique des autres, un manque profond de confiance et d'amour, et tant à prouver. Prouver que j'ai une valeur, prouver qu'il est bon d'exister. »

10 juillet 2002 : « Toujours le même rêve, la même hantise. Toujours le même mystère. Je m'endors dans ma chambre d'enfant, le Velux est ouvert. Tout à coup, un poids très lourd m'écrase, une respiration dense à mon oreille. Je fais la morte. Je ne sais pas qui c'est. Quelqu'un de très lourd. Je sais que j'ai peur depuis longtemps. Je n'ose pas me lever, horrifiée, comme si je n'étais pas réveillée. »

15 septembre 2003 : « Je prends des somnifères pour ne plus me relever au milieu de la nuit, après LE cauchemar. »

Sur Internet, j'apprends l'existence d'une technique pour traiter les stress post-traumatiques militaires, une thérapie nommée RRIM, révision et répétition d'imagerie mentale. Pour échapper au cauchemar, en changer le cours, il faut en réécrire le scénario. Apprendre de nouvelles stratégies à son cerveau pour inhiber ses peurs. Une rééducation mentale.

Ainsi tous les soirs en me mettant au lit, quand l'angoisse apparaît, je me répète : « Cette fois, je ne me réveille pas avant d'avoir vu son visage, je me retournerai vers lui ou bien je lui parlerai, je lui dirai que je n'ai pas peur et je pourrai le voir. » Mais chaque tentative échoue au sein même de mon sommeil. L'asphyxie m'expulse du songe juste avant d'avoir pu identifier l'auteur de cette terreur nocturne.

Peu à peu toutefois, une évolution se fait sentir.

20 novembre 2006 : « Deux rêves. Le premier identique aux autres : quelqu'un entre dans ma chambre. Le second : un homme aux cheveux blancs ou blonds d'un certain âge, un verre à la main, me fait boire. Il m'embrasse de force. Je me débats, je me bats contre lui, donne des coups de poing, l'angoisse est trop forte, le verre se brise dans ma paume. Je me réveille en frappant

l'oreiller. Et pour la première fois, la satisfaction de constater immédiatement que c'est un cauchemar. Je sors de la torpeur à cet instant précis. »

Au fil des rêves, je vois des hommes de mon entourage et d'autres, non identifiés, qui m'agressent. Tous les hommes m'agressent. Je décide de mener une enquête psychanalytique, j'étudie la science des rêves, je cherche des indices, je questionne mon père, ma mère encore, mais ils ne m'apprennent rien de plus. Je mesure nos non-dits. Je découvre des pans entiers d'histoires glauques, mais sur mon enfance, pas de piste précise, pas de certitude. Et, toujours avec la même acuité insoutenable, ces rappels nocturnes.

3 juillet 2011 : « Ces cauchemars représentent une menace intériorisée. »

Dans ma vie diurne, je suis parfois assaillie par ce sentiment d'intrusion. À la piscine, certains jours, je me sens mal à l'aise en présence des hommes – celui qui nage comme un chien et dont la bizarrerie aquatique me perturbe tant que j'accélère, me débats dans l'eau. Je mets en place des stratégies d'évitement. L'important est d'esquiver le moindre contact. Je regarde tous les hommes au niveau de la ceinture. Je leur prête des intentions perverses pour assouvir des pulsions incontrôlables. Je représente la cible. Si un gros ventre vient se placer sous la douche à côté de moi, je me décale sous la suivante et je finis de me savonner très vite. Je suis sur mes gardes. Impossible de réfréner ces pensées polluées par les fantômes de la nuit.

20 août 2012, en vacances dans la maison familiale, dans mon petit village de montagne : « Le fantôme est revenu ! Cette fois, je l'ai vu ! Il est apparu face à moi. Une silhouette grise cerclée de blanc, un long corps lumineux au bout de mon lit, penché en avant, les bras légèrement écartés. Une fumée blanche en forme de flamme émanait de sa tête. Je ne pouvais pas distinguer ses traits, seulement deux trous noirs à la place de ses yeux. Il ressemblait à l'*Homme qui marche* de Giacometti. Mon hurlement m'a réveillée. L'empreinte a persisté un instant puis s'est dissoute comme un nuage dans le vent. C'est la première fois que je crie ! J'arrive enfin à réagir ! »

Personne dans la maison n'est venu voir ce qui s'était passé, personne ne m'a questionnée. Personne. Après avoir expliqué l'origine de mon cri nocturne à ma mère, au petit déjeuner, je trouve dans la bibliothèque une édition très ancienne du *Horla*, chef-d'œuvre fantastique de Guy de Maupassant.

Le récit est écrit sous la forme d'un journal. Le narrateur raconte qu'un beau matin de printemps, près de sa demeure normande, il admire le passage d'un trois-mâts brésilien. Dans les jours qui suivent, il est pris d'une fièvre qui va bientôt gagner tous les habitants de la maison et le rendre fou. Il note chaque jour l'évolution de son mal, la possession dont il est victime.

J'ouvre le livre au hasard : « Je dors longtemps... deux ou trois heures... puis un rêve non un cauchemar m'étreint. Je sens bien que je suis couché et que je dors... je le sens et je le sais... et je sens aussi que quelqu'un s'approche de moi, me regarde, me palpe, monte sur mon lit, s'agenouille sur ma poitrine, me prend le cou entre ses mains et serre... serre... de toute sa force pour m'étrangler. Moi, je me débats, lié par cette impuissance atroce qui nous paralyse dans les songes ; je veux crier, je ne peux pas ; je veux remuer, je ne peux pas ; j'essaie, avec des efforts affreux, en haletant, de me tourner, de rejeter cet être qui m'écrase et qui m'étouffe, je ne peux pas ! Et soudain, je m'éveille, affolé couvert de sueur. J'allume une bougie. Je suis seul. Après cette crise, qui se renouvelle toutes les nuits, je dors enfin, avec calme, jusqu'à l'aurore. »

Ces visions qui m'assaillent la nuit sont-elles une réminiscence du *Horla* ? La littérature peut-elle jouer des tours aux esprits trop féconds ? Notre maison est-elle hantée ?

Je convoque souvent l'âme de mes grands-parents depuis leur décès. Je leur parle quand je vais me recueillir au cimetière et nettoyer leurs tombes, une fois par an. Quand je les appelle à voix haute, je vois dans les mouvements de la nature des signes de leur présence. Ma mère partage cette croyance. L'opinion de mon père, qui est historien, est plus floue : « Tu connais Hippolyte-Léon Dénizard Rivail ? Un cousin de ton arrière-grand-père, en 1855, l'a initié au spiritisme. Très impressionné, Rivail a théorisé ces expériences sous le pseudonyme d'Allan Kardec dans *Le Livre des esprits*. Ton ancêtre l'a aidé par la suite à commercialiser le ouija, ces planches qui servent à retranscrire les messages de l'au-delà. Je crois que nous avons au grenier une lettre qui en fait état. »

Nous n'avons pas retrouvé la lettre mais, via divers documents d'époque, la trace de cette rencontre initiatique est bien confirmée. Je suis maintenant convaincue que j'ai hérité d'un lien privilégié avec le monde des spectres.

L'été suivant, alors que je suis de retour au village, ma cousine me conseille d'aller trouver René, poète au physique de colosse, « guérisseur » de quatre-vingts ans et vieil ami de mon oncle, qu'elle a récemment consulté. « Il va te débarrasser du mauvais œil. » Je me rends chez lui, accompagnée de mon père. Sa femme nous reçoit autour de la table en bois rustique du salon, où elle a disposé une théière et quatre tasses sur une nappe brodée. Elle nous propose des biscuits tout juste sortis du four. Il est 17 heures et René vient de se lever. Après avoir évoqué quelques souvenirs de jeunesse, il approche de moi son long visage sympathique, dont l'œil gauche est recouvert d'une grosse tache de naissance, et me demande de sa voix calme et profonde : « Est-ce que tu crois en Dieu ? » Face à ma moue incertaine, il s'écrie, moqueur : « Oh, je vois ! Tu y crois quand ça t'arrange ! » J'étouffe un petit rire gêné. « Allez, assieds-toi sur cette chaise, détends-toi, ferme les yeux. »

René place ses mains de géant à quelques centimètres de mes épaules, sans les toucher. Je sens une vibration, une onde qui oscille en mouvements lents et intenses. Ses paumes diffusent une grande force magnétique. Dans le silence du salon dont les fenêtres surplombent la vallée, sous les yeux inquiets de mon père, pendant que René déplace ses mains autour de chacune des parties de mon corps, je suis prise de convulsions frénétiques, mon être est secoué de part en part et ma chaise se met à danser. Je ne ressens aucune douleur mais ces tremblements sont incontrôlables. J'ai l'impression d'être la fillette de *L'Exorciste* à ceci près que je n'insulte ni Dieu ni les hommes. Après quinze minutes de ce traitement, les secousses cessent, une sensation de sérénité inédite m'étreint.

29 mars 2015 : « Un nouveau rêve étonnant : je fais visiter la cave de ma maison d'enfance, celle dont l'obscurité me terrifiait. La pièce est claire à présent. J'y ai construit un mur de parpaings sur lequel j'ai peint un grand arc-en-ciel et de gros nuages blancs. Derrière, l'appartement où je viens d'emménager. Au pied d'un grand canapé de velours vert se dresse une pile de livres anciens couverts de moisissures. J'entreprends de les trier pour éviter qu'ils ne s'abîment. Un livre de photos retient mon attention. Le photographe a réinterprété *Le Déjeuner sur l'herbe* de Manet. Un des clichés le met en scène près d'une rivière, sur un rocher que je reconnais. »

Cet arc-en-ciel et ces nuages peints sur le mur sont la reproduction exacte d'un dessin gravé dans ma mémoire. Ils décoraient une voiture que j'ai croisée une fois sur le chemin qui reliait l'appartement de mes grands-parents à la maison de mon enfance. Un dimanche de printemps, à huit ou neuf ans, dans la rue déserte, son conducteur me fait signe. Je me rapproche, timide. Je n'entends pas ce qu'il me dit. Devant mes yeux effarés, je le vois, pantalon baissé. Son excitation me tétanise.

Sa sale gueule rougeaude déformée par la fièvre, son chibre agité avec une nervosité excessive me sidèrent. Un véhicule fait alors irruption dans la rue, le satyre prend la fuite, brisant ma paralysie. Je rentre, tête baissée, chez mes parents, automate terrassée de honte. Je ne leur ai jamais rien dit.

Coup de théâtre

Anne

Je l'admire, je l'ai toujours admiré. Sa réputation le précédait, un halo de mystère entourait ses apparitions. Il vivait dans un appartement luxueux du nord de Londres, certains disent l'avoir rencontré dans des coteries mondaines, il y a longtemps. On raconte qu'il promenait son élégante silhouette lors de nuits errantes le long de la Tamise. Il sortait très peu, aujourd'hui plus du tout. Il parlait rarement de lui, mais il évoquait volontiers les surréalistes, le pop art, le cinéma de Werner Schroeter ou de Rainer Fassbinder. Ses amis étaient cinéastes, photographes, écrivains. Il s'exprimait souvent avec les mots des autres, de citation en citation, son érudition lui permettait d'esquiver toute question personnelle, son humour faisait de lui la plus aimable et insaisissable des compagnies. Une fuite continuelle de tout enfermement. Il n'avait jamais eu à travailler, un héritage familial l'aurait mis très jeune à l'abri du besoin. Il consacrait sa vie à la vivre. Il se présentait comme un être superficiel ne produisant rien, ne consommant que le strict minimum, mais dans un grand confort, une sorte d'ascète à sa manière.

Cela fait deux ans que je ne l'ai pas revu. Je ne sais s'il veut rester caché, il m'envoie des messages de temps en temps, m'annonçant que nous nous croiserons bientôt pour « nous frôler ». Je crains d'apprendre sa disparition, il doit avoir quatre-vingts ans aujourd'hui. Je ne m'étais jamais posé la question de son âge. Il m'est toujours apparu comme un éternel jeune homme.

À l'époque où je lui rendais visite, j'apportais une bouteille de Ruinart blanc de blancs. La première fois qu'il m'avait invitée, il avait prétendu ne boire que ça et je l'imaginais en fin de soirée lustrer ses bottes avec les fonds de bouteille. M'enivrer avec lui me rendait moins timide. Son imperturbable quiétude et sa courtoisie imposaient le respect. Je le savais adepte du dandysme, il en connaissait la définition de Baudelaire par cœur, citait à l'envi ses poèmes, me racontait avec mille détails la façon dont le Beau Brummel nouait ses cravates. Je le voyais pour m'entretenir avec lui de textes de Barbey d'Aurevilly ou d'Oscar Wilde, mais assez vite, il ne s'est plus agi de cela. Nous pouvions passer quatre heures assis dans son salon, moi dans le canapé et lui à sa table, couverte de coupures de journaux, de livres de photos ouverts et de notes griffonnées, les rideaux tirés, voilant le jour. Ses jeux de mots et ses éclats de rire m'enchantaient. J'aimais son esprit.

Son corps ressemblait à un tableau de Bacon. Une infirmité tordait ses hanches. Sa jambe droite coincée contre sa jambe gauche. Cet état physique rendait ses mouvements plus traînants et précautionneux mais il semblait s'en accommoder. Il refusait tout traitement. Il était hors de question que les médecins le manipulent. Lorsque je proposais d'aller chercher les coupes à la cuisine, il m'obligeait à m'asseoir. Je l'observais alors se déplier, avancer à pas microscopiques, disparaître, puis réapparaître avec une lenteur excessive. De retour de sa traversée, il me permettait d'ouvrir la bouteille. Les bulles de champagne étincelaient et allumaient nos échanges.

Je lui présentais de temps en temps des amis qui voulaient rencontrer « la légende ».

Un soir de décembre, il me convoqua seule pour causer d'une pièce de Shakespeare qui lui tenait à cœur.

Il était déjà plus de vingt et une heures, et j'avais eu du mal à trouver un caviste encore ouvert. J'arrivai en retard. Je sonnai à l'interphone et patientai jusqu'à ce qu'il énonce la phrase rituelle, « Mon valet va vous ouvrir », et dix minutes plus tard, je pénétrai dans son sanctuaire. En sortant de l'ascenseur, la porte était ouverte, je longeai le long couloir d'entrée. Il m'attendait, assis dans son fauteuil. Les poèmes cubistes de Pierre Reverdy étaient posés sur sa table ovale Henri II en chêne massif. Dans la bibliothèque vitrée face au canapé en cuir blanc, un livre sur le Wu-Tang Clan trônait parmi des bibelots en céramique rose et pourpre en forme de viscères ou d'organes. Les rideaux de coton beige toujours fermés dans la journée avaient été ouverts pour contempler la nuit, la baie vitrée donnant sur le jardin créait un cadre mélancolique. Une lampe de chevet l'éclairait faiblement et, dans la pénombre, son beau visage me faisait penser à l'autoportrait de Dürer à vingt-deux ans, avec ce regard qui semblait dire : « Vous ici ? »

– Je suis heureux de vous voir, désaltérez-vous, nous allons lire à voix haute cette scène de l'acte II.

Les verres étaient disposés sur la table et avant que j'aie pu me débarrasser de mon lourd manteau d'hiver, il me tendit le livre ouvert.

– Vous connaissez l'histoire ?

J'avais un vague souvenir de cette pièce sanguinaire. Je savais que Richard III était un tyran machiavélique, aigri à cause de sa laideur et de ses difformités physiques. Sa rancœur et sa soif de pouvoir le poussaient à tuer tous ceux qu'il trouvait sur son chemin vers le trône d'Angleterre. Il séduisait lady Anne, la femme du prince de Galles qu'il venait d'assassiner.

Je remplis nos coupes.

– Vous incarnez lady Anne, je suis Richard III, prenez une chaise, rapprochez-vous. Tchin-tchin !

Je m'exécutai, amusée qu'il n'éprouve pas le besoin du rituel social qui consiste à se donner des nouvelles, et qu'on expérimente une autre forme de conversation. Après la première gorgée, je commençai à lire :

LADY ANNE

Hideux démon, au nom de Dieu, hors d'ici ! Ne nous trouble pas.
Tu as fait ton enfer de la terre heureuse.
Tu l'as remplie d'imprécations et de blasphèmes profonds.
Si tu aimes à contempler tes actes affreux,
regarde ce chef-d'œuvre de tes boucheries !
Oh ! messieurs, voyez, voyez ! Les blessures de Henry mort
ouvrent leurs bouches glacées et saignent de nouveau !
Rougis, rougis, amas de noires difformités,
car c'est ta présence qui aspire le sang
de ces veines froides et vides où le sang n'est plus.

– Lady Anne vous êtes trop timide ! Acharnez-vous contre moi, dit-il en blêmissant.

Était-il déçu par mon interprétation ? Pourquoi cette pâleur subite ? Je lui demandai un peu de patience.

– Reprenez, m'asséna-t-il avec sévérité. Je ne vais pas vous apprendre votre métier d'actrice.

Je sursautai à cette attaque, mais il ne me lâcha pas.

– Vos intonations doivent donner à voir les mares d'hémoglobine que j'ai fait couler, la mort atroce de votre mari, la colère et le désarroi de la perte ! Souvenez-vous : la beauté entretient un rapport intime avec la mort ! cria-t-il.

Je lui en voulus de se montrer si professoral et vindicatif, je n'étais pas venue pour une séance de torture avec un apprenti metteur en scène, il ne m'en fallut pas plus pour manifester mon mépris.

LADY ANNE

Ton forfait, inhumain
provoque ce déluge monstrueux.
Ô Dieu, qui fis ce sang, venge cette mort !
Ô terre, qui bois ce sang, venge cette mort !
Ciel, foudroie le meurtrier de tes éclairs !

Je le sentis jubiler face à ma furie, il prit un air sournois.

RICHARD

Belle dame, vous ne connaissez pas les règles de la charité
qui rend le bien pour le mal, les bénédictions pour les malédictions !

Le combat pouvait continuer et je renchéris, plus sauvage encore.

LADY ANNE

Ignoble fourbe, tu ne connais rien ! Aucune loi, ni divine, ni humaine :
tu n'es qu'une bête féroce qui ignore la pitié.

Mes mots se substituaient à ceux du poète. Il ne parut pas s'en offusquer et enchaîna rapidement.

RICHARD

Je me fous de la compassion, je suis une bête.

LADY ANNE

Ô miracle ! entendre le démon dire la vérité !

RICHARD

Miracle plus grand ! voir les anges si furieux !
Veuillez permettre, perfection divine,

que je me justifie à loisir
de ces crimes supposés.

Ma colère s'était muée en joie, cette rixe me galvanisait, je ne pouvais sortir la tête de cette très vieille édition à la couverture reliée de cuir rouge qu'il avait placée entre mes mains. Il répondait avec toujours plus de malice, il exprimait avec allégresse la perversité du personnage, et le livre semblait palpiter sous mes doigts. Quand ma hargne faiblissait, il feignait de ne pas entendre et me faisait répéter avec plus d'emphase et de morgue.

Nous avancions dans cette joute de séduction nourrie d'horreur. Je m'échauffais, essuyais la sueur qui perlait à mes tempes. Il ne me quittait pas du regard, demandant que je mette toujours plus d'intensité et de nuances dans ma voix, ces variations m'enivraient. Richard III s'employait avec ruse à corrompre lady Anne, qui résistait à travers moi.

LADY ANNE

Qu'une nuit noire assombrisse ton jour, et la mort ta vie ! Va crever !

RICHARD

Ne te maudis pas toi-même, belle créature ; tu es l'un et l'autre.

LADY ANNE

Je le voudrais, pour me venger de toi.

RICHARD

Lutte contre nature !
Te venger de qui t'aime !

LADY ANNE

Lutte juste et raisonnable !
Me venger de qui a tué mon mari !

RICHARD

Celui qui t'a privée, belle dame, de ton mari
l'a fait pour t'en procurer un meilleur.

LADY ANNE

Un meilleur ! il n'en existe pas sur la terre.

RICHARD

Il en est un qui vous aime...
... plus qu'il ne vous aimait.

Je sautai une réplique, touchée par la sincérité de cette déclaration.

LADY ANNE

Où est-il ?

RICHARD

Ici.

(Lady Anne lui crache au visage.)

J'interrompis la lecture. Outrager physiquement un ami me paraissait inconvenant. Je l'interrogeai d'un hochement de tête, décontenancée.

– Faites-le ! Crachez-moi dessus ! ordonna-t-il, désinvolte.

Je refusai, riant bêtement de ma gêne.

– Vous ne voudriez pas trahir le grand Shakespeare ? Reprenez un verre, ça vous aidera ! Crachez-moi dessus. Je vous le demande.

Je m'excusai, j'arguai que je le respectais trop, qu'ici, entre nous, sans public, c'était différent. L'injurier par le biais de l'auteur, c'était une chose, mais ça, je n'oserais jamais. Il ne voulut rien entendre. Nous ne pouvions poursuivre la lecture si je n'interprétais pas pleinement le rôle. Il fallait aller au bout. Faire ce qui était écrit.

– Vous avez si bien éructé tout à l'heure !

Il tendit sa longue main noueuse, je m'étonnai de la finesse de ses doigts et de la longueur de ses ongles. Il me demanda de cracher dans sa paume.

Mon esprit continuait de lutter, mais mon être tout entier était porté vers lui comme un somnambule. Il répéta doucement : « Faites-moi cet honneur. » J'approchai alors mon visage automate de sa main.

Je crachai.

Il observa avec émotion le filet de bave, ruisseau scintillant sur sa ligne de vie, et embrassa sa main avec suavité, buvant le crachat, ses yeux baignés de larmes fixés dans les miens. Le rouge du recueil empourpra mes joues.

RICHARD

Jamais poison n'est venu de si doux endroit.

Debout au milieu du salon, ma confusion laissa la place à un sentiment de gratitude. Ce coup de théâtre avait libéré une sauvagerie et une colère que je ne me connaissais pas.

Les lumières des immeubles envoyaient de pâles rayons d'or dans la pièce. Des nuées de feuilles mortes tourbillonnaient dans le jardin en contrebas. Le silence se mua en un souffle frais parcourant ma nuque dans un frisson. Il se leva, s'approcha.

– Merci, chère Anne, votre interprétation m'a touché au cœur. Laissons là ce beau monstre grotesque et inexcusable, il est tard.

Il reprit son livre et plaça le marque-page à l'endroit où nous nous étions arrêtés. L'horloge sonna minuit. Nous étions exténués. Il me congédia. Mais avant que je ne franchisse le seuil, il lança :

– J'aime beaucoup la façon dont vous avez arrangé vos cheveux ce soir, et ce rose à vos joues, ce rose poussière… C'est glamour à mort !

Terminus

Rebecca

Je suis tombée enceinte une fois. On se fréquentait depuis trois mois avec Victor. J'ai senti mon corps se transformer en quelques semaines, j'étais épanouie et joyeuse, ma vie roulait bon train, je touchais un bon salaire et j'étais amoureuse. Notre histoire naissante me mettait dans un état d'euphorie inégalé et mon corps suivait le mouvement. Ma poitrine débordait de mes soutiens-gorge, elle interpellait les passants avec arrogance. Cette métamorphose m'allait bien, j'étais gonflée d'hormones et d'espoir. J'ai accueilli, confiante, cette nouvelle. Les sourcils épais de Victor se sont pourtant froncés pour ne faire qu'une ligne au-dessus de ses yeux inquiets. Un sens interdit. Il n'était pas prêt. J'approchais de l'âge limite mais je me suis rangée de son côté. Je n'ai pas essayé de le convaincre. J'étais divisée, on se connaissait à peine.

La gynécologue m'a menacée. « Vous savez que vous prenez le risque de ne plus jamais avoir d'enfant avec cet avortement à trente-huit ans ? » J'ai eu l'impression d'entendre : « C'est mal, une femme est faite pour être mère. » Elle a insisté à chaque rendez-vous. Exaspérée, j'ai fini par cracher : « Le père n'en veut pas et je ne suis pas sûre d'avoir envie de faire un bébé toute seule. Et puis je déteste cette chanson de Goldman. » J'étais déjà à deux mois et demi de grossesse.

Quand je suis entrée dans la salle où l'on aspirait à la chaîne l'utérus des filles beaucoup plus jeunes que moi, la peur et le doute m'ont saisie. J'ai fermé les yeux. Les infirmières ont introduit le tuyau, le son de la pompe m'a rebutée, on me déchirait les entrailles.

Le formulaire distribué en salle de repos demandait : « Sur une échelle de 1 à 10, désignez le niveau de la douleur que vous avez ressentie. » J'ai noté 8, en pensant 10. Les infirmières m'ont lancé un regard de pitié suspicieuse, en ajoutant : « C'est très haut, 8 ! » J'étais percluse de douleurs. Je suis sortie de la clinique avec Victor et son air de chien battu qui ne savait pas où se poser. La voix de la gynéco résonnait dans ma tête. Jamais plus d'enfant. Me suis-je résignée, ce jour-là ?

Victor est parti le lendemain en voyage.

Mon corps s'est débattu une semaine durant contre une bactérie indésirable. De gros caillots de sang semblables à des foies de veau s'expulsaient de mon utérus toutes les trois heures. Fièvre, retour au bloc, traitement. La gynéco de l'enfer m'a toisée avec mépris quand j'ai osé suggérer qu'il s'agissait peut-être d'une bactérie nosocomiale. Elle a crié que son service était irréprochable et tout le matériel scrupuleusement stérilisé. Pas la force de me battre, perdu trop de sang.

Victor est rentré, j'étais rétablie, nous n'en avons jamais reparlé.

Avec lui, je passais mon temps à compter. Pendant nos quatre années de vie commune, il est allé deux mois au Japon, quatre aux États-Unis, six en Amazonie, neuf en Afrique, sans moi. Il était amoureux des tropiques. Sa vocation dans la vie, me disait-il, c'était « partir ailleurs ». Je vivais dans l'attente de son retour. Son expédition photographique au Gabon qui devait durer trois mois s'est prolongée. Il est resté six mois de plus à la frontière congolaise. Quand je lui ai rendu visite à Libreville pour lui annoncer que je le quittais, je ne l'avais jamais vu aussi heureux. Coincé à Paris avec moi, Victor n'aurait pas pu élever cet enfant. Je n'en avais plus aucun doute.

J'ai abandonné le navire.

Et j'ai commencé à flipper. J'étais terrorisée à l'idée d'achever ma vie comme ma voisine de quatre-vingts ans, Germaine, émaciée et trop pâle, qui parlait aux pigeons du square. Sa famille ne venait jamais la voir. Ses seules visites étaient celles d'une garde-malade d'origine africaine, alors que la petite vieille était raciste. Je pensais à *Shining*, quand Jack Nicholson alias Jack Torrance passe l'entretien d'embauche au grand hôtel Overlook et que le gérant le met en garde contre la folie que peut engendrer l'enfermement, l'hiver. Je voyais la hache maudite suspendue au-dessus de ma tête.

Pour contrer cette terreur, je me suis inscrite sur des applications de rencontre et je couchais avec de jeunes types, de grands adolescents mal dégrossis, avec qui je ne prenais pas la peine d'entrer dans les détails. Je ne posais aucune question. Je leur fonçais dessus, ils me baisaient, tout contents d'avoir trouvé une proie facile, mais au bout d'une semaine ou deux, ils flairaient le coup tordu et fuyaient aussitôt ma fébrilité. J'ai collectionné ce genre d'aventures pendant un an et demi. La hache pointait toujours le bout de sa lame avec son reflet ensanglanté. Je craignais d'agoniser congelée dans un labyrinthe charnel à la poursuite d'ados zombies, comme Nicholson à la fin du film, mort de froid, les yeux dans la poudreuse.

J'ai fini par conclure que je pouvais me passer d'un mec, que j'étais plus indépendante que jamais. Ma nouvelle devise : « Autonome sans homme ». J'avais besoin de solitude pour penser. Je gagnais en assurance, je n'avais plus à me soucier de plaire : être jolie et aimable, faire bonne impression, m'épiler ou me maquiller, faire attention à ce que je dis ou me demander si je suis à la hauteur. Je me suis mise à sillonner la ville de part en part. Marcher, courir, gagner du terrain stabilisaient mon état. Je perdais du poids, je ne buvais plus tous les soirs, je lisais les bandes dessinées de Liv Strömquist. Son humour décapant, son esprit frondeur, sa manière de déconstruire le système patriarcal, ses dessins bruts aux proportions aléatoires, comme un bon coup de pied dans la dictature de la norme, me donnaient des clés pour devenir une femme émancipée.

Peu à peu s'est installée une rassurante routine. Le dimanche, mon jour favori, j'attaquais par un jogging-piscine, suivi d'un déjeuner chez Pitzman. En savourant mes falafels, je regardais le programme des expositions et passais l'après-midi dans un musée. Je rentrais, détendue et nourrie. La semaine pouvait débuter avec sérénité. J'aimais les livres, les films, la musique, les bons petits plats. J'affinais mon goût.

Aimer quelqu'un ? Moi ? Aimer avait perdu le sens humain. Je me pensais en bonne voie. Je commençais à apprécier ma compagnie.

À quarante-cinq ans, après trois ans de célibat, j'avais l'impression d'avoir mis de l'eau dans mon vin toute ma vie, essayant de contenter mon entourage, de devenir la bonne fille sans problèmes, de créer l'harmonie dans une fratrie exaltée, auprès de parents trop occupés à se disputer. La mettre en veilleuse, personne ne m'avait demandé ça. Je n'avais jamais eu le courage de m'imposer. Je préférais qu'on me laisse tranquille.

On m'avait toujours trouvée secrète. Quand je disais ce que je pensais, c'était avec une telle brusquerie que j'échouais à me faire comprendre. On peut vivre toute sa vie à côté de ses pompes. Après Victor, je ne savais plus de quoi j'étais faite : des désirs de mon milieu, des impératifs de mes supérieurs hiérarchiques, de mes amis, de ma famille, ou de tous ces renoncements successifs acceptés pour qu'on me foute la paix. Submergée par le matraquage d'infos, de pubs, de guides de développement personnel qui apprennent à être heureux – ou plutôt à devenir des consommateurs satisfaits d'eux-mêmes –, j'étais perdue.

À présent, je réussissais à évacuer la nécessité d'être avec quelqu'un. Comme un mec, qui n'a souvent de comptes à rendre à personne. Tout me semblait plus léger. Quand le manque de contact physique se faisait sentir, je me masturbais ou je trouvais un coup d'un soir dans une fête. J'appelais ça : HCO. Hospitalité charnelle occasionnelle. Parfois, j'avais la chance de tomber sur un type avec une chimie compatible, c'était délicieux, je n'en demandais pas plus.

Cet équilibre confortable s'est écroulé d'un coup, au lendemain d'un dîner chez Serge et Mylène.

Serge, 60 ans, était réalisateur de documentaires, ancien punk, provocateur pour le fun, d'une grande gentillesse. Mylène, 50 ans et un corps de nymphette, est curatrice. Quand je suis arrivée, les enfants jouaient dans le salon ; je me suis tout de suite sentie à mon aise, les foyers recomposés m'apaisent. Nous avons passé la soirée à parler de pop art, de Basquiat et de l'état désastreux du monde. Serge et Mylène se soutenaient, s'encourageaient, s'écoutaient. Sur le pas de la porte, ils m'ont offert un livre de conversations entre Andy Warhol et William S. Burroughs, qui a scellé notre amitié.

Le lendemain matin, le regard triste d'un vieil homme ridé à la terrasse d'un café m'a fait vaciller. À mesure que j'avançais dans la rue, j'étais prise d'une empathie trouble pour tous les êtres abîmés aux alentours : la femme aux jambes fatiguées et au dos courbé, le jeune handicapé en fauteuil avec les mains tordues, qui traversait le carrefour, le SDF en haillons, à qui je me suis empressée de donner quarante euros en lui demandant si c'était assez pour se payer un endroit où dormir. Je voulais résoudre tous les problèmes du monde. Dans le métro, lire le mot « Syrie » dans le journal suffisait à me faire monter les larmes aux yeux.

Il y avait de quoi s'effondrer.

J'avais trop bu la veille. Nous avions évoqué, avec Mylène, la manière dont on se sentait perçues dans notre travail, sans pour autant avoir le sentiment d'être acceptées. La façon dont il fallait lutter pour exister et être entendues, fût-ce une fois sur dix. Elle répétait : « Moi, je crois qu'il faut s'entraider entre femmes, mais on a affaire à deux types de réactions : la sympathie et la bienveillance immédiates, ou une concurrence farouche inconsciente, comme si certaines femmes étaient plus machos que les mecs eux-mêmes. » J'avais avoué que j'admirais les panthères, les filles qui ne se laissent pas faire, qui haussent le ton, mais je ne me sentais pas capable d'en faire autant. Lorsque j'avais dit : « On commence à me regarder de travers quand j'annonce que je suis célibataire à mon âge. Sans enfant, je deviens suspecte », Mylène avait rétorqué : « Tu sais, Rebecca, une femme sans enfant a plus de chances de conserver son job. » Je n'avais jamais envisagé ma vie sans être mère.

En prenant mon train gare Saint-Lazare pour aller à mon bureau à Asnières, les écouteurs sur mes oreilles, je me suis rappelé mon rêve de la nuit précédente. J'étais enceinte. À cet instant, *Where Is My Mind ?* des Pixies a débuté et des litres de larmes ont jailli. L'aquarium tropical qui me servait de cerveau s'est brisé. Je me retrouvais noyée dans le ronron de ma prétendue indépendance, de ma vie monacale tout en douceur feutrée. Le sexe utile, les copains pour parler d'art, la famille comme refuge même quand tout le monde gueule, le confort des habitudes, tout cela ne pouvait masquer mon désarroi. Évacuer l'idée de l'amour dans sa vie, se faire une raison, c'était mourir à petit feu. J'écoutais la chanson en boucle, sa rage sourde, ce premier mot clamé : *STOP*. Les coups de caisse claire fracassaient mon crâne. Je le voyais exploser comme à la fin de *Zabriskie Point*. Le riff de guitare m'électrocutait. Je suis où ? Fantôme d'amour perdu dans les abysses. Houhou ! Tu as oublié le goût des vraies caresses, des grands baisers, des gestes tendres, des regards complices, tu as tout oublié. *STOP*. Et la chanson recommençait son travail de sape. La terre tremblait, des vagues géantes ravageaient le paysage, un tsunami écrasait du revers de sa lame mes trois années de célibat. Où est le souffle de ta vie ?

L'envie d'en découdre ? La fureur de vivre ? Ton James Dean ? Morte à toi-même dans un océan de renoncements. Coincée dans un bocal avec juste un vieux château en plastique qui cache la pompe à eau. Tu es le poisson rouge qui va crever dans trois jours parce que ton propriétaire est parti en vacances et n'a trouvé personne pour te nourrir.

Le contrôleur est arrivé à ce moment-là. Il a constaté la défaite sur mon visage, le noir sur mes joues. Je ne mettais plus la main sur mon ticket. « Vous en faites pas, madame ! Prenez vot' temps ! » Ça m'a foutue en rogne. Je lui ai répondu en serrant les dents : « Mademoiselle, pas madame. » Je reniflais en tendant mon ticket et je me suis tournée vers la vitre. À quarante-cinq ans, t'es une madame, c'est tout ! Enfin libre ! Les mecs ne se retournent plus sur ton passage, terminé le harcèlement de rue, et ça, c'est tant mieux ! Pareil pour tes fantasmes naïfs façon Disney avec le cavalier mystérieux croisé dans la rue qui tombe amoureux au premier regard, finis ! Mais les douleurs de tes règles ne font qu'empirer. En trois ans, tu n'as pas eu d'histoire parce que tu es tellement fragile au fond, ma pauvre fille, regarde-toi chialer ! Toujours en danger avec les autres, c'est ça, être une madame ? Prête à t'écrouler au moindre mouvement brusque parce que tu ne fais confiance à personne, persuadée que les hommes ne te laisseront jamais être toi-même... Prévalence ancestrale de merde.

J'avais raté mon arrêt. Je ne suis pas sortie du train, je ne comptais plus aller travailler, allez tous vous faire foutre. J'irais au bout de la ligne. Et si je me rencontrais au coin de la rue, je me dirais : TERMINUS REBECCA. STOP. Je devenais vraiment dingue. J'ai éclaté de rire, un rire étranglé dans un sanglot. Une femme d'une vingtaine d'années et son copain se sont retournés. Je les ai effrayés avec mon visage plein de larmes en rouge et noir. *Mes luttes, mes faiblesses, je les connais, je voudrais tellement qu'elles s'arrêtent.* Le mec a dit à voix basse : « Tarée. » Je me suis levée et j'ai traversé le wagon, je me suis couchée sur une banquette à l'autre extrémité. J'ai cligné des yeux, j'avais enfin compris. J'allais rencontrer la vraie Rebecca au bout de la ligne, celle qu'il faut sortir des abysses et qui peut gueuler avec Frank Black et sa bande de lutins. Direction Gisors, où gît tout l'or perdu du Far West. J'allais *Partir ailleurs* voir qui je suis, j'avais enfin compris Victor. Et je me suis mise à chanter haut et fort, les Pixies à fond.

Savonnette amoureuse

Clarisse

« Clarisse dégage un truc que je n'ai jamais vu nulle part. » Je suis attablée chez Jones avec un garçon formidable et sexy qui me parle de toi. « Je suis tombé amoureux de Clarisse au premier regard. Mais je me sens faible devant elle. »

C'est qui ce mec sexy ?

Gabriel ! Tu le connais ! « Elle ne le sait pas, mais je l'ai rencontrée la première fois il y a dix ans sur le tournage de son émission *Cosmic Trip*. » Il est grand, mince, des yeux bleu pâle, un grand nez, sosie blond de Pete Townshend des Who.

Hum, non. Je ne vois pas.

Il était technicien plateau. Il a changé de job. Il bosse maintenant dans le développement informatique, c'est un geek ! Vous êtes faits pour avoir une histoire. Tu devrais le rencontrer. Il s'appelle Gabriel Spielmann.

Le soir où j'échange ces messages avec Sandra, j'exulte. Je sors d'un rendez-vous avec Émeric Chamalières qui a accepté de produire une série d'émissions littéraires dont j'ai élaboré le concept. C'est l'effet Luke Rhinehart, me suis-je dit, tandis que je lui soumettais l'idée de mon cabaret télévisuel. Je rêve de rencontrer cet écrivain américain pour parler de son roman culte, *L'Homme-dé*, bible de l'anticonformisme. La folle histoire d'un psychiatre new-yorkais répondant à tous les critères d'intégration sociale et culturelle, qui est gagné par un profond ennui et décide de remettre en jeu le cours de sa vie en confiant chacune de ses décisions aux dés. Le hasard choisira désormais pour lui. S'ensuivent une succession d'aventures rocambolesques et une révolution personnelle spectaculaire, un manifeste défendant l'expression de tous les fantasmes.

Ça m'a inspiré le principe de l'émission : une discussion orchestrée par les dés, où le hasard et la liberté président aux échanges avec les écrivains. Je veux initier des ruptures de ton, créer des collages de conversations, rompre avec l'idée d'un dialogue construit, destiné à « apprendre » aux téléspectateurs à aimer la littérature – finie l'éducation des masses : l'idée, c'est de replacer l'écrivain, sa langue, sa personnalité, au cœur d'un processus de jeu qui révélera sa vision du monde. Émeric était intrigué. Il venait de produire, pour une chaîne du câble, des émissions musicales scénarisées où les titres joués en *live* s'intègrent à des fictions fantaisistes dont l'architecture dévoile le sens caché des chansons ; une heure en musique avec péripéties et rebondissements. Les deux saisons ont été un succès. Il a conclu notre conversation par un enthousiaste : « Bravo, Clarisse : ton concept, c'est le futur de la littérature ! »

Il y a dix ans, donc, j'ai produit et animé mon premier magazine culturel, *Cosmic Trip*, mélange de séquences musicales, de performances *arty* et d'archives, dans un esprit de collage surréaliste qui invitait le spectateur à regarder la télévision avec un œil toujours en éveil. Je passe en revue les techniciens présents à mes côtés à l'époque : Yoann, le petit rouquin chétif aux jambes élastiques ; Guillaume, l'ours brun bourru ; Nathan, l'ado attardé avec son doux accent du Sud et fan de psychédélisme avec qui je continue de collaborer ; Gabriel, non, je ne l'avais pas remarqué, il devait être bien timide.

Les épisodes les plus foutraques surgissent de ma mémoire alors que je rentre chez moi en marchant le long du canal Saint-Martin, amusée à la pensée d'une nouvelle rencontre. Sandra aime tester les autres, déclencher des situations. Elle est joueuse. Et puis elle est amoureuse en ce moment, elle veut que l'amour se propage.

Depuis six mois, des projets exaltants pour la radio et la télévision s'enchaînent, on me sollicite plus qu'à l'accoutumée, tout s'accélère et j'attire autant d'hommes que de propositions de travail. J'accepte tout comme ça vient. Je tiens la cadence. Je profite de cette corne d'abondance érotique, espérant une révélation.

Ma vie affective ressemble à une salle de bains d'hôtel quatre étoiles, impersonnelle mais spacieuse. Tout y est propre, luxueux, les miroirs reflètent mon image épanouie. Les serviettes sont toujours immaculées et moelleuses, la douche dotée d'une technologie de projection à jets variables. Dans les coins, aucune trace de tartre, ni de moisissure. Chaque soir avant de vous coucher, vous aspergez votre corps nu pour le délasser après une bonne journée de labeur, vous déballez votre « homme-savon » individuel, qui vous glisse entre les doigts dès que vous le passez sur votre corps et se propulse au moindre faux mouvement au fond de la baignoire. Vous tâtonnez pour le ramasser dans l'eau trouble mais il a fondu. Et chaque matin, vous savez que le ménage sera fait en votre absence. Ni vu ni connu, les traces disparaissent.

Ni vu ni connu, cette magie du luxe me lasse en laissant un goût de Javel sentimentale sur ma peau.

Le souvenir d'avoir été présentée au sosie blond de Pete Townshend lors de l'anniversaire de Nathan l'année dernière me revient alors que j'entre dans l'ascenseur. Gabriel avait quelque chose d'animal qui m'avait attirée. Il s'était dérobé vite, coupant court à notre conversation. Vais-je l'appeler ? « Alors tu es amoureux de moi ? » Je n'oserai jamais. À force d'interviewer des artistes, j'ai acquis de l'assurance, une éloquence toute professionnelle, mais sortie de mon champ de compétences, je suis incapable d'une telle aisance. Dans l'intimité, je rougis, je n'arrive pas à aborder les sujets les plus simples, je suis si pudique.

Trois semaines s'écoulent. J'oublie les hommes-savons, concentrée sur l'écriture de ma nouvelle émission, *Un coup de dés jamais n'abolira le hasard,* ce double hommage à Mallarmé et à Rhinehart. Je veux en faire un coup de maître. Le tournage du pilote a lieu début juillet au théâtre parisien des Bouffes du Nord, avec un invité de marque, George Powers Cockcroft alias Luke Rhinehart. Un casting de jeunes gens chics compose le public de ce premier show TV-dé.

Quand je fais ajouter les noms de mes amis sur la liste d'invités, je vois celui de Gabriel Spielmann déjà inscrit, convié par Nathan, j'imagine. Je pense que je serai protégée par la lumière des projecteurs. Tout le monde s'affaire autour de moi, c'est grisant. George Powers Cockcroft est en grande forme avec ses quatre-vingt-trois ans enjoués, sous son chapeau de cow-boy.

Le caméraman zoome sur le sourire de George, debout près d'une table de jeu, avec, en son centre, un gros dé rouge d'un mètre cube. Générique.

– Bonsoir à tous et à toutes, amis de la littérature et du jeu, passionnés des mots et des expériences insolites ! Pour cette première émission, nous avons l'immense chance de recevoir l'auteur du plus dé-tonnant roman des années 1970, *The Dice Man, L'Homme-dé* ! Lequel ou laquelle d'entre vous serait capable de jouer son existence aux dés ? Ce soir, c'est l'écrivain lui-même qui va soumettre une heure de sa vie au hasard des chiffres devant les caméras. Le processus est simple. J'ai rédigé plusieurs séries de propositions, d'actions et de questions. Luke devra se plier au choix du dé. Hasard et fantaisie vont guider ce formidable entretien et je peux vous le promettre, nous allons en apprendre bien plus de cette manière sur ce grand artiste qui n'a ni peur de gagner ni peur de perdre. Contrairement à vous ! Luke, êtes-vous prêt ?

– *Always* !

– Voici six manières de commencer cette émission :

1 – Raconter sa vie en une minute chrono.

2 – Serrer la main à un maximum de personnes présentes dans le public.

3 – Faire une déclaration d'amour à la personne de votre choix face caméra.

4 – Parler de l'écrivain qui vous a le plus inspiré.

5 – Vous mettre nu et répéter six fois votre nom.

6 – Avaler deux shots de gin en écoutant un extrait de votre roman culte, tandis que notre maquilleuse vous colle une grosse touffe de poils sur la tête en hommage aux héros extraterrestres de votre dernier roman, *Invasion*.

Luke éclate de rire et lance le dé avec ferveur : 6 ! Il avale sans broncher ses verres de Tanqueray London Dry, croque une olive verte, son œil s'allume, la maquilleuse lui retire son chapeau dévoilant son beau crâne d'œuf lustré et fixe sur sa tête une épaisse boule de poils bariolée pendant qu'il m'écoute lire :

– « Seule la réussite plaît aux adultes. L'argent, la gloire, gagner une partie de base-ball, avoir l'air jolie, être bien habillé, posséder une voiture, une maison, autant de types de succès qui consistent essentiellement à satisfaire le monde adulte. Il n'y a rien d'intrinsèque à l'âme humaine dans la crainte de l'échec. (...) Il était difficile de devenir homme-dé parce que cela impliquait un risque continuel d'échec aux yeux du monde adulte. En tant qu'homme-dé, j'échouais sans cesse. J'étais rejeté par ma femme, par mes enfants, par mes chers collègues, par les étrangers (...) Je souffrais continuellement, mais (...) chaque fois que je suivais les ordres du Dé, je bâtissais une maison avec succès, ou bien je l'abattais exprès. J'étais toujours en train de trouver le bon parcours de mes labyrinthes. J'ouvrais continuellement mon moi à de nouveaux problèmes et j'avais plaisir à les résoudre. (...) Échouez ! Perdez ! Soyez mauvais ! Jouez, risquez, osez ! »

L'émission s'emballe, riche en hardiesses de tous genres ! Interview dé-mente et tornade dé-vénements inattendus et dé-complexés. Le public dé-couvre avec jubilation les différentes facettes de cet écrivain hors-normes. Pour finir, Luke ôte sa chemise et se fait dessiner des dauphins au feutre sur le torse, tandis qu'il entonne une chanson de marins :

There once was a ship that put to sea
The name of the ship was the Billy of Tea
The winds blew up, her bow dipped down
Oh blow, my bully boys, blow (huh)

Générique de fin sous une pluie de confettis. George Powers n'a pas trahi sa réputation. Émeric me félicite et me fait part de son inquiétude pour la suite du programme.

– Tous les écrivains ne seront pas capables d'autant de légèreté et d'audace, Clarisse !

– Rassurez-vous, Émeric, aucune proposition ne touchera à l'intégrité physique ou mentale de la personne, on gardera un esprit de jeu et de fête ! Ayez confiance, je saurai m'adapter à chaque profil.

À cet instant, j'aperçois Gabriel au loin, je le salue de la main, mais le temps d'achever d'hypnotiser mon producteur hagard, il a disparu. Pré-savonnette ! Il a glissé avant l'ouverture de l'emballage.

En rentrant chez moi, la déception fait place au défi. La partie n'a pas commencé. Je décide de lancer le dé avec six propositions :

1 – Attendre un signe de Gabriel avec un hula hoop en circonvolution perpétuelle autour de ma taille.

2 – Appeler Nathan et lui demander s'il connaît les préférences sexuelles de Gabriel.

3 – Contacter Gabriel sur Facebook et le questionner sur sa fuite.

4 – Écrire à Sandra pour lui exposer ma théorie sur les hommes-savons et l'amour de surface.

5 – M'inscrire sur un site de rencontre lesbien.
6 – Manger une entrecôte de 400 grammes.

Ces projets sans risque me permettent de prendre une décision sans me poser trop de questions de stratégie et de briser ma timidité. Allez, je lance. 3 ! J'avais pourtant déjà sorti mon hula hoop !

Gabriel je t'ai aperçu, tu es parti trop vite, on ne s'est même pas parlé, ça t'a plu ?

Dans la seconde, il répond :

Oui j'ai filé comme un voleur mais je serai à la fête annuelle de la chaîne, la semaine prochaine, Nathan m'a invité. J'ai beaucoup aimé l'émission. Dé-lirant ! Ce Luke Rhinehart m'a bien amusé, jouer ça me play et jouer sa vie aux dés encore plus, c'est une option très excitante.

Ravie ! So, let's play !

Il est plus de minuit quand Gabriel débarque au Rooftop avec vue panoramique sur les plus célèbres monuments de Paris presque désert. Il ne reste plus rien à boire ni à manger, et les serveurs sont déjà en train de débarrasser. Je lui propose de nous suivre pour un dernier verre entre amis sur la terre ferme. C'est l'été et Jacques, le chef opérateur, s'extasie sur la beauté des femmes à Paris, alors que nous nous installons à la terrasse d'un bar.

– C'est parce qu'elles dévoilent leurs corps que tu les remarques, Jacques ! Les jupes légères attirent ton œil. Tu es à deux doigts de parler comme ce ringard de Bertrand Morane dans *L'homme qui aimait les femmes*. Les femmes sont des objets fétiches, c'est bien connu !

– Ce n'est pas ce que je voulais dire. Je trouve qu'elles s'habillent de mieux en mieux à Paris.

– Nous aussi, on aime les hommes en short et en débardeur ! Les cuisses galbées, les biceps dénudés. Je remercie Gabriel, d'ailleurs, de nous avoir gratifiés de son petit short blanc, ce soir, il a de très belles jambes.

Au moment de partir, Gabriel me demande si je me rappelle le tournage de *Cosmic Trip*, à l'époque il était l'assistant de Yoann. Ma mémoire semble se réinitialiser tous les cinq ans. Il y a des pans entiers de ma vie dont je ne me souviens pas. Ça m'amuse qu'on se connaisse depuis si longtemps.

Plus tard, il m'envoie une ballade pop d'un chanteur thaïlandais (qui dit en substance « il ne sera jamais trop tard »), et sa mélodie signe l'instant.

Quelques jours, et plusieurs échanges de chansons, après, je m'enhardis et invite Gabriel à dîner. Je ne le joue pas aux dés. Avant de le retrouver au restaurant, je doute de ma capacité à ingérer des aliments. J'hésite à annuler. Angoissée comme jamais. Assumer mon désir est-il si difficile ? Au moment du hors-d'œuvre, goûterons-nous déjà l'idée de nous séduire ? Pardon mais j'ai la nausée.

Quand je sors du taxi, Gabriel est déjà en terrasse, je trébuche sur le bord du trottoir, tente un saut de rattrapage, manque de tomber, me tord la cheville et bafouille : « Je suis comme ça, je perds souvent l'équilibre. » La parole prend le relais, on commente ce qu'on a dans nos assiettes, nos derniers projets, le tout et le rien de nos existences, Gabriel emprunte souvent des formules toutes faites, bien qu'il semble intelligent et sensible. Nous nous découvrons des goûts communs, les mets fins, les bulles, vins pétillants et eau gazeuse, les ceviches de poisson, les tomates, les sucrines, les panais, les abricots, les pêches, la pop indé, la musique psyché et, détail plus remarquable, certaines expériences mystiques, les voyages sous LSD, les champignons et la liane hallucinogène d'Amazonie. Il veut connaître tous les détails du premier trip sous ayahuasca que j'ai effectué six mois plus tôt.

– La salle de cérémonie est une grande pièce tapissée de bois d'une centaine de mètres carrés, cinq mètres sous plafond, avec des fenêtres de chaque côté et chauffée par un poêle à bois, dis-je. On s'est tous installés sur des matelas posés le long des murs, avec coussins et couvertures, puis le chamane a présenté la cérémonie et l'ayahuasca. Il nous a interrogés chacun sur les raisons de notre présence et notre façon d'aborder la séance. Après ce tour de parole, on a fait une pause pour aller enfiler des vêtements plus confortables. Retour dans la salle à vingt heures, et là je n'en mène pas large. Je passe en dernier prendre la potion réputée très amère et insupportable à avaler. Le chamane m'en sert une petite dose, et l'amertume est presque agréable. Ensuite on éteint, il ne reste plus que la lumière de la lune qui se reflète dans la salle. Le chamane invoque la plante dans un chant de gratitude envers la médecine, la liane et le monde, c'est charmant.

Je répète en boucle dans ma tête la mélodie pour inviter la plante à venir me visiter. Au bout de quelques minutes, sensation de langueur et doux vertige. Un sourire se dessine sur mes lèvres, ma peau s'anime aussi. Naît l'idée que je n'ai plus besoin d'être gênée de sourire, jamais. La chaleur m'envahit et la faible lueur se diffracte en une multitude de points dans l'espace : la fenêtre et les arbres en face de moi irradient de belles figures géométriques. Les chants reprennent, ils activent les effets de la décoction. Je ressens une grande aménité. La plante sait qu'il ne faut pas me brusquer, je n'ai pas de nausée et je vois se dessiner des motifs de plus en plus fluos, des néons verts, bleus, roses, puis des publicités de mode criardes des années 1950 ou 60, des visions yeux ouverts mêlées d'une impression suave de saturation. Puis la pièce se transforme en une datcha russe noir et blanc aux contours irisés et je vois que nous sommes tous reliés par une trame lumineuse très fine, nous habitons un temple-maison relié à la géométrie fondamentale de l'univers.

Chaque chant développe une idée, une forme, convoque un esprit. Le chamane ponctue ses interventions en fonction de l'énergie du groupe.

Ses mélodies aident à l'expulsion de nœuds. Très vite un concert de vomissements ou de rires se propage. L'énergie du groupe s'intensifie. Mais moi, je suis dans une extase lente, très en retrait, et je n'arrive pas à me mêler à l'énergie collective. Les réactions des autres m'aspirent et me déconnectent de l'ayahuasca. Les femmes à côté de moi s'expriment bruyamment : respiration, transe, expulsion forcenée, hilarité, agitation. Je finis par penser qu'il faut que je sois seule. Je sors de la pièce mais sans les autres et sans musique, la plante ne me parle pas. Je retourne à ma place où je me sens comme « en sourdine ». Je flotte en dessous de leur vibration mais mon esprit va vite, il va visiter tous mes souvenirs d'enfance. Après ces allers-retours entre ma vie présente et passée, je rouvre les yeux. De grandes bulles de cristal se développent dans l'air sur les harmoniques de bols tibétains, des boules de feu cosmiques m'apparaissent. Après ces puissantes visions, je suis prise de vomissements irrépressibles qui me soulagent d'une culpabilité héritée de femme en femme dans ma famille. Ce voyage a été l'un des plus intenses et des plus instructifs de ma vie. Et puis, le plaisir synesthésique direct, entre les visions et le son, je n'en avais jamais ressenti de pareil.

Gabriel, fasciné, me demande les coordonnées du chamane et nous commande un dernier verre de vin pétillant naturel floral qui rend intarissable. Ce récit l'a laissé rêveur, et il déclare qu'il s'ennuie trop souvent, on croirait Luke Rhinehart au début de *L'Homme-dé*.

Il y a tant à faire, à découvrir pourtant, me dis-je. Comment peut-on s'ennuyer ? La vie me semble trop courte pour aller au bout de mes envies, et j'ai tendance à tout faire trop vite pour ne rien rater. J'ai souvent le sentiment d'effleurer mon existence par manque de temps. J'ai l'impression de ne pouvoir que caresser la surface du monde.

Gabriel conclut :

– Ma vie est OK, côté bonheur c'est OK, mais j'aimerais atteindre autre chose, un bonheur plus exaltant !

OK ? Qu'est-ce que ça signifie ? Avoir fait « le tour de son travail, ne jamais s'enthousiasmer pour un film » ? Il ne lit aucun livre. Jamais. Par méconnaissance, sans doute. Un homme qui n'aime pas lire et qui s'ennuie, qui dit « c'est

OK », est un affront à la vie. Je rentre chez moi, éméchée, émoustillée, déçue.

Le lendemain, je lui propose, par message, de trouver un ou deux bouquins qui lui feront aimer la littérature autant que la musique, à commencer par *L'Homme-dé*. Je pourrai les lui apporter et on en profitera pour jouer notre soirée aux dés.

Il accepte.

Ça peut être vraiment fou. Passe dimanche.

L'idée de l'initier me plaît. Une tension sexuelle m'étreint. La disponibilité totale des vacances – l'angoisse de l'inactivité – me donne envie de me masturber plusieurs fois par jour. Après notre *date*, je me suis caressée deux fois jusqu'à l'orgasme : ça me fait toujours ça quand je picole trop, l'envie de baise le lendemain, le cœur palpitant et le ventre vibrant. (Quand je bosse, en revanche, je limite l'absorption d'alcool, autrement j'ai l'impression de me transformer en *chatte sur un toit brûlant* et je perds un temps fou avec mes pulsions ; obsession de mater des images obscènes, des sexes dressés de désir, jouissances qui éclaboussent, je n'assume pas complètement ces débordements.)

Le dimanche, donc, je le retrouve chez lui, *L'Homme-dé* et *Un privé à Babylone* de Richard Brautigan sous le bras. Il habite au rez-de-chaussée d'un immeuble cossu du Marais, un duplex sur cour. Je pose les livres sur la table basse du salon, tout est parfaitement propre et ordonné. Gabriel n'a pas menti : pas de bibliothèque ici, mais quelques manuels et guides informatiques empilés sur une commode. Je remarque néanmoins un beau livre sur Ludwig Mies van der Rohe. Gabriel s'est assis en face de moi sur la fameuse « Barcelona Chair » conçue pour l'Exposition universelle de Barcelone en 1929. Mies van der Rohe est mon architecte préféré, il aurait inventé le principe *less is more*, et dans cet appartement, le minimalisme de la décoration laisse l'esprit libre et apaisé. Je me sens bien.

Gabriel se lève pour me servir une coupe de vin pétillant italien, je lui offre en échange un laïus sur Brautigan. Inutile de reparler de *L'Homme-dé*, il suffit de passer à l'action.

Gabriel sort de la commode quatre dés de couleurs différentes, des feuilles blanches et des stylos. Nous tirons d'abord aux dés celui ou celle qui notera en premier sa proposition. Une manière de prendre l'avantage. C'est moi qui l'emporte. J'ai très faim. Il est déjà tard, je vais défaillir si je n'avale pas quelque chose. J'écris : *1 – Dîner.*

Je signale à Gabriel que je n'ai volontairement pas précisé le lieu ni le menu pour qu'on les détermine ensemble. Je sais qu'il aime cuisiner.

Je lui suggère qu'on note trois propositions chacun, tour à tour, puis de jouer aux dés celui ou celle qui réalisera la première action.

Il note : *2 – Chanter ensemble, nus, l'une des chansons que je t'ai envoyées.*

Cette pointe d'érotisme me surprend. J'ajoute très vite une suggestion qui nous permettra de jouer plus longtemps : *3 – Lancer les dés une seconde fois pour proposer six nouvelles actions.*

Gabriel fait la moue, pour lui c'est comme repousser ce qui pourrait être réalisé dans l'instant. Il met un temps infini à énoncer une nouvelle action : *4 – L'un de nous deux a les yeux bandés, l'autre lui fait faire le tour de la ville et lui raconte ce qu'il voit.*

J'adore. J'ajoute : *5 – Raconter sa vie du début à aujourd'hui.*

– Facile ! s'exclame Gabriel, qui inscrit rapidement : *6 – Rajouter + 1 au chiffre du dé, ce qui décale le résultat de la proposition.*

– Très bien, dis-je, mais ça peut être aussi très frustrant.

Le 6 sort. Dîner ! Gabriel regrette d'avoir écrit cette clause.

Je suis soulagée, affamée et de plus en plus saoule. Gabriel se met à éplucher des patates douces. Pendant qu'il cuisine, nous énonçons à voix haute et à tour de rôle six nouvelles actions, que je note.

Clarisse : *1 – Dire ce qui constituerait une journée parfaite et prendre rendez-vous pour la passer tous les deux.*

Gabriel : *1 – Chanter la chanson de marin de Luke Rhinehart.*

C. : *2 – Danser ensemble dans le silence.*

G. : *2 – Décrire ce que tu voulais devenir quand tu étais petite (avant 15 ans).*

C. : *3 – Faire un strip-tease sur du heavy metal.*

G. : *3 – Me faire masser par toi.*

C. : *4 – Dire quel est ton plus grand rêve. Expliquer pourquoi tu ne l'as pas encore réalisé.*

G. : *4 – Raconter la chose la plus honteuse ou scandaleuse qui a eu lieu dans une de tes émissions.*

C. : *5 – Faire des roulades dans le salon.*

G. : *5 – Dormir dans mon lit cette nuit, pieds et mains liés.*

C. : *6 – Demande-moi quelque chose que tu n'oses pas me demander (de faire ou de dire).*

G. : *6 – Lire à voix haute un chapitre d'*Un privé à Babylone.

Ma liste me déçoit. Le dé ne m'incite pas à exprimer réellement mes fantasmes, ni à déployer mon imagination. Toutes mes propositions sont très communes. Gabriel est plus aventureux, il aimerait me voir dormir ligotée dans son lit.

En attendant, il me met dans les mains une délicieuse purée de patate douce très épicée, parfumée à l'ail et à la coriandre. Assis face à moi, il m'observe dévorer mon assiette de ses yeux translucides, je suis intimidée, je redouble d'appétit et d'impatience à reprendre le jeu. Je lance le dé.

– 5 ! Roulades dans ton salon !

– Ça risque de nous faire un peu mal, je ne suis pas très sportif !

– Pas le choix, ce sont les dés qui décident !

Il le lance à son tour.

– 6. Tu dois d'abord me lire Brautigan.

– Mets plus de lumière, je ne vois rien dans le noir et puis je suis ivre et fatiguée, je vais lire très mal, il ne faudrait pas que ça te gâche le goût de ce privé babylonien.

Je bute sur chaque mot, ma timidité a repris le dessus. J'essaye de mettre le ton, mais je bégaye. Gabriel m'écoute, peu convaincu par ce qu'il entend. Le chapitre par chance est très court, je referme le bouquin en faisant claquer la couverture.

– Allez, roule en boule ! dis-je.

– Fais-le avec moi, alors.

Sans hésiter, je me plie en deux et exécute tout en souplesse deux galipettes, il dit que c'est beau, à son tour maintenant, il roule de biais, fausses roulades, molles, désarticulées, j'en enchaîne deux nouvelles avec panache, je me détends, ça me tourne la tête. Nous rions ensemble comme des enfants.

Gabriel relance le dé.

– 3 ! Tu dois me masser !

– Viens sur le canapé.

Il s'assoit à côté de moi.

– Non, allonge-toi, tu seras plus à l'aise.

Gabriel obéit, nous n'avons jamais été si proches.

– Je te préviens. Je vais m'asseoir sur toi, j'aurai une meilleure prise.

Je souris dans son dos et commence à lui caresser les épaules à travers son tee-shirt blanc. J'appuie fermement mes deux mains sur ses trapèzes et descends le long de sa colonne. Son corps est souple, je ne détecte aucune crispation. Je remonte son tee-shirt, dévoile son épiderme si pâle et lisse.

Assise sur ses fesses, mon sexe collé à ses reins, je vais et viens, écrasant sous mes paumes ses muscles dorsaux, sa peau n'est pas douce mais sa chair est moelleuse, je voudrais le mordre. Je me penche sur lui et ondule, mon sexe durcit à force de frottements sur son jean. Ma bouche si proche de sa nuque ose l'embrasser, je saisis sa peau épaisse entre mes dents. Il attrape mes doigts, je mordille son cou. Puis je m'allonge sur lui et glisse sur le côté, yeux fermés, visage collé au sien, je cherche sa bouche. Il prend mes lèvres et m'embrasse longuement, fermement, sa longue langue s'enroule avec agilité autour de la mienne, liane, anguille au goût d'ail et piment qui me pique les sens. Fougue contenue, voluptueuses volutes visqueuses. Nous nous redressons en prolongeant le baiser, il enlève mon corsage en un tour de main. J'ai les yeux fixés sur son torse glabre, de peur de croiser son regard. Je tente de lui retirer sa ceinture mais je ne comprends pas comment défaire le mécanisme caché de la boucle. Il s'en occupe en un claquement de doigts. Je découvre son sexe bandé dans une courbe saillante. Il n'a aucun poil et son pénis est beau et circoncis.

(Mon dernier amant, un jeune intellectuel allemand impuissant, avait une verge de type « éléphant-cacahuète » : c'est comme ça que j'appelle les sexes non circoncis, qu'il faut décalotter ; cette petite trompe piteuse quand le sexe est au repos m'a toujours amusée par l'incongruité de sa forme.)

Gabriel me bascule en arrière, relève ma jupe sur mon ventre, écarte mes cuisses et retire ma culotte. Je ne suis pas épilée, je ne peux m'empêcher d'y penser – comparativement à son absence de poils, j'en éprouve quelques complexes instantanément oubliés quand je sens sa bouche collée à ma vulve. Sa langue sur le bord de mes lèvres, jusqu'à la lisière de mon cul, remonte au sommet de mon bouton qui rougit et se dresse. Gabriel n'enfonce pas ses doigts, il effleure. Je me cambre et soupire.

(Parmi tous les hommes-savons, très peu aiment lécher le sexe des femmes. Ceux qui me rendaient ce rare hommage semblaient les plus épris, les plus séduits. La plupart du temps, l'homme-savon, après avoir pétri copieusement ma poitrine et mes fesses, me pénétrait rapidement pour conduire sa besogne sans savoir-faire jusqu'à un orgasme prématuré, auquel je ne participais pas.)

Gabriel prend son temps et augmente à chaque instant le désir de pénétration. Il paraît aimer enfouir son long nez et sa langue agile en moi, sans violence ni fougue. Je miaule et me redresse. Je n'en peux plus. Je saisis sa tête entre mes mains pour happer la cyprine sur ses lèvres. Il lape ma bouche et me pénètre. Exquise étreinte qui me remplit d'une joie inédite. Je le chevauche, il me retourne et me prend par-derrière, le cul dressé et la tête enfoncée dans l'accoudoir, ma jupe relevée sur mes hanches qu'il manœuvre avec fermeté de ses deux mains. Subtile langueur, extase courtoise qui me ravit. Il jouit sur mon cul.

– Ne bouge surtout pas !

Il nettoie le sperme avec une serviette.

Je baisse ma jupe, troublée, et remets mon corsage. Lui reste nu sur sa chaise Barcelona.

– C'était bien agréable.

J'acquiesce, souriante.

– Tu es déjà rhabillée ?

Je bafouille :

– J'ai un avion très tôt demain.

Gabriel, sans pudeur, me regarde ranger mon sac. Il m'offre un des dés avec lesquels nous avons joué. Je fixe mes pieds. Il pousse la porte de son appartement.

– C'est marrant, je ne suis jamais sorti nu dans ma cour !

J'observe ses mouvements de danse sous les fenêtres éclairées de ses voisins. Il m'accompagne jusqu'à la porte cochère, m'embrasse.

Sur le chemin du retour, je fonds et me dissous tout à fait laissant des traînées de savonnette amoureuse sur le bitume.

Le lendemain, je réunis ce qui reste de la mousse psychique de nos ébats langoureux et tardifs pour le convier à me rejoindre dans le Sud. Il décline. Gabriel a joué aux dés dans la nuit et le 6 est sorti – partir en Suisse à la rencontre de l'ayahuasca.

Mon homme-dé disparaît au soleil couchant et sombre dans la mer de nuages derrière le hublot de mon vol à destination de Toulouse. *To loose !* Game over !

Autodafé

Betty

« J'enregistre des journaux sur des cassettes, je fais ça en ce moment. On pense plein de trucs mais les dire tout haut, c'est très différent.

J'aimerais passer des journées à lire et oublier qu'il faut manger. J'ai envie de me goinfrer de chocolat quand je n'ai pas d'amour. Aimer et sentir que l'autre me trouve magnifique, et trouver l'autre magnifique me semble la meilleure activité qui soit. Mais être avec quelqu'un qu'on ne chérit pas profondément, ça ne vaut pas le coup.

Tout à l'heure, en montant l'escalier de mon immeuble – il est tellement décrépi et, ah ! ces odeurs de morue frite me dégoûtent ! –, je me suis dit : La nourriture est mon ennemie. Je mange beaucoup ces temps-ci et je grossis tout de suite. Mais quand je suis seule, j'ai besoin de très peu.

Le minimum pour moi, c'est peut-être énorme pour quelqu'un d'autre, je n'ai aucun repère, raconter tout ça me donne envie de pleurer. Cette histoire de nourriture, c'est quelque chose. Pourtant je ne suis ni boulimique ni anorexique.

Par exemple, ce midi, au bout d'une assiette de crudités, je n'avais plus faim mais comme j'avais commandé une pizza, j'ai mangé ma pizza, ça m'aurait demandé trop d'efforts de la décommander. Ensuite j'ai eu soif tout l'après-midi et j'ai regretté de l'avoir mangée. J'aurais pu n'en manger qu'un morceau ou la moitié mais non, je l'ai dévorée.

Hier soir mon patron, le Rhino – rapport au fait qu'il ressemble à un rhinocéros –, m'a servi une part de côte de bœuf énorme et pareil, je l'ai dévorée. J'aurais bien aimé la déguster avec de la moutarde mais non, je l'ai mangée sans moutarde parce que j'ai honte de demander de la moutarde. Si je lui demande de la moutarde, il va sortir de ses gonds : "Comment ? Tu manges ta côte de bœuf avec de la moutarde ? Sacrilège !" Alors je la mange sans moutarde, ma côte de bœuf, très lentement parce que je n'ai plus faim, mais avec plaisir, comme par défi. Puis je continue à manger du fromage et des plâtrées de salade, et avec le fromage, il faut bien manger du pain alors je mange aussi le pain. Parfois je me demande si je n'ai pas des réflexes de survie ? Non, l'inverse ! Des pulsions d'autodestruction : une partie de moi se force, je ne sais pas pourquoi. Le plaisir dans la contrainte. Il serait bon que j'aille revoir mon petit psychanalyste argentin.

"Tu es tellement exigeante...", Christophe me le disait l'autre jour, Jeanne me le dit, tout le monde me le dit, or c'est le contraire. Je ne suis pas impérialiste, je n'essaye pas de conformer les autres à mes attentes, et c'est souvent moi qui me plie à leurs désirs. Quand je lis *Belle du Seigneur*, ça me donne de la matière pour créer des attentes, Solal a des idées très arrêtées sur la manière de vivre l'amour. On n'est pas exigeant quand on est amoureux, l'amour est une évidence qui dépasse l'exigence. Solal est un peu con, je crois.

Mon antiquaire par exemple, mon antiquaire... Ce n'est plus le mien du tout aujourd'hui – je dis mon antiquaire parce que je ne peux pas prononcer son prénom, si je pense à lui, à ses yeux bleus, à son sourire, à ses lèvres, à sa façon si douce de m'embrasser derrière l'oreille droite, toujours j'ai envie de pleurer. Avec lui, c'était une évidence. Au téléphone, à travers les mots... Ce qu'on disait avait peu d'importance, on se parlait de nous, mais quelque chose dépassait. Quand je l'ai rencontré, je ne l'ai pas trouvé beau. Il y avait une concordance entre nous, ce qui est très rare. Je ne voudrais pas que ça arrive tous les jours.

Tout à l'heure, j'étais à la gare et je lui ai téléphoné. Tout ce que je fais quand je m'ennuie, c'est de penser à lui. Oh ! j'ai quelque chose dans les cheveux, je regarde partout, je ne vois rien, j'entends le son d'une grosse mouche ! Suis-je en train de me transformer en mouche ? Est-ce le bruit de mon cerveau qui bourdonne ? Qu'est-ce que je disais ? Mon antiquaire a été mon âme sœur pendant très longtemps et maintenant qu'il ne l'est plus, j'ai simplement envie d'entendre sa voix. Peut-être sera-t-il désagréable ?

C'est moi qui l'ai quitté et je n'aurais peut-être pas dû. Au moment où je l'ai fait, il le fallait, voilà tout. Depuis j'ai beaucoup réfléchi. Je ne quitterais plus comme ça quelqu'un que j'aime tant. J'étais dans l'impossibilité de le rendre heureux ou plutôt je voulais trop le rendre heureux, alors qu'il ne pouvait pas l'être. Je me suis découragée.

Oh lui, avec ses petites lèvres quand il m'embrassait à Noël, qu'il se serrait doucement contre moi parce qu'il sentait que je le quittais, que je m'en allais très loin... Je n'étais pas amoureuse de l'autre type, j'avais juste besoin de sentir que quelqu'un d'autre pouvait m'aimer.

En ce moment je prends conscience que je suis unique et que je ne pourrais pas être... "agglomérée". Je crains d'être fondue dans la masse, mais je n'ai plus envie d'être normale, j'ai envie d'être moi-même et je ne veux pas décevoir.

Donc j'étais à la gare, j'appelle mon antiquaire, une sonnerie, deux sonneries. Il décroche et il est gentil, j'avais peur qu'il me réponde mal et qu'il ne soit pas content parce que je le dérange quand il travaille. Il me remercie de l'avoir appelé comme s'il ne s'octroyait pas ce droit de m'appeler, lui. Il me remercie et moi je suis heureuse. J'attends encore quelque chose et je pleure sur notre histoire, mais j'aspire à un avenir meilleur. Ces derniers temps, je me laissais séduire et je n'étais pas amoureuse, ça ne m'a pas remplie de bonheur et ça ne m'a pas empêchée de manger du chocolat. Quand je mange, je ne peux pas m'arrêter, j'ai l'impression d'être complètement déréglée.

Tout ce que je sais, c'est que je remercie mon magnétophone. J'ai besoin d'être écoutée, j'appelais beaucoup les gens au téléphone mais maintenant je prends mon magnétophone, c'est plus simple. Je range mes pensées dans des cassettes. Vive toi, enregistreur chéri, et vive ton inventeur !

Je pense tout le temps à la mort. Imaginer que ma famille pourrait disparaître un jour me rapproche d'eux, sinon j'ai besoin de distance.

Je ne sais pas ce que je vais devenir. Tout à l'heure j'ai rendez-vous avec Séverine et je ne sais pas si j'ai envie de la voir, je n'ai pas envie de boire du vin pourtant j'aime m'enivrer mais c'est encore mon ennemi. Tout ce qui est bon est mon ennemi parce que je n'ai pas de limites. Je crains de redevenir obèse comme pendant mon adolescence. La vie est compliquée et se regarder dans la glace, c'est compliqué. Le corps, le corps, le corps...

J'ai le sexe qui me gratte. Il a fait trop chaud aujourd'hui et puis j'ai des poils alors forcément avec la sueur ça gratte, j'aime pas. Je voudrais plonger dans une piscine. J'adore la Corse parce qu'il y a une multitude de rivières fraîches, j'adore être au bord de l'eau et réfléchir et imiter les chèvres.

C'est mon truc à moi. Je bêle avec les bêtes, je bêle pour le plaisir dans mon magnétophone.

(Silence.)

Ouh, j'ai envie de dormir. Je vais retrouver Séverine, ça ne me fera pas de mal de voir quelqu'un.

(Silence.)

Quand je rentre de voyage, je me retrouve seule chez moi, j'ai envie de pleurer. Après un voyage, j'ai toujours l'espoir d'avoir une lettre d'amour dans ma boîte, mais non, aucune lettre d'amour.

Qui sont les autres dont j'ai envie de parler ? Les micro-amours, les amants que j'ai un peu aimés ? L'Escargot, je l'appelais l'Escargot, ce grand escogriffe hirsute et rêveur avec ses cheveux mousse, son accent chantant le soleil du Midi, et la lenteur prodigieuse de ses mouvements. Il était si doux, il m'attendrissait. Il venait me chercher avec sa deudeuche, et on allait se promener dans les champs du Vexin et du pays d'Ouche, il aimait prendre des photos de paysages en noir et blanc, les plaines de Normandie, les ruisseaux de l'Eure et les gares désaffectées. C'était juste avant mon antiquaire. Mais je ne l'aimais pas d'amour. J'en ai aimé qu'un seul et c'est mon antiquaire.

J'ai vingt-cinq ans et j'aimerais en avoir quatre et ne me souvenir de rien. D'ailleurs je ne me souviens de rien de mon enfance. Vers huit ou neuf ans, un matin, j'étais dans mon bain. J'avais l'habitude de jouer avec des petits bateaux en plastique et de me raconter des histoires fabuleuses, les bateaux voguaient, traversaient des paysages, visitaient des contrées extraordinaires, plongeaient dans les profondeurs. Je m'absorbais des heures dans les courants de mon imagination et j'en éprouvais un vif plaisir. Ce jour-là, la magie n'a pas opéré, impossible d'animer de nouveau les personnages qui manœuvraient les bateaux. J'étais sidérée et déçue. J'avais perdu mon enfance. Alors j'ai eu peur de tout oublier, j'ai commencé à écrire toute ma vie dans des cahiers. Mes impressions, mes expériences, des lettres à moi-même où je m'enjoignais de faire mieux ceci ou cela, les cours de catéchisme, les exercices en classe, les amis qui m'ennuyaient ou me faisaient rire.

Un soir où je m'étais absentée, mon antiquaire a tout lu.

Je faisais un stage de théâtre à la Saline royale d'Arc-et-Senans. Nous étions au début de notre amour. Il a dormi chez moi et il a tout lu. Mes premiers émois, mes espoirs, ma passion pour la radio, la musique, les copains du lycée, les rivalités entre filles, les poèmes de Verlaine ou de Marceline Desbordes-Valmore que je voulais apprendre par cœur. J'avais écrit que j'attendais un amoureux qui puisse lire toute ma vie et qui m'aime pour ce que je suis, ce que j'ai été et ce que je serai. Qui m'aime tout entière. Aujourd'hui, j'inscrirai de nouveau ces mots en lettres d'or.

L'antiquaire n'a pas compris, il était jaloux.

Il m'a appelée pour me dire : "J'ai tout lu et je te quitte !"

Après je voulais me tuer. J'ai quitté la Saline en urgence, j'ai prétexté qu'il avait eu un accident. Tout le monde était désolé pour moi, je ne pourrais pas jouer dans la représentation de fin de stage, j'ai pris le premier train, avec l'angoisse qui me ravageait le ventre. Quelques jours auparavant j'étais la femme de sa vie, il m'écrivait des lettres d'amour. Il a tout lu, tout.

Il était là dans sa chambre claire rue du faubourg Saint-Antoine, juste avant la nuit. C'était l'été, il faisait chaud. Depuis que je l'avais rencontré, je ne mangeais plus rien, je buvais des laits fraise, je voulais lui plaire, je voulais être actrice, j'avais perdu vingt kilos, mais le travail ne me plaisait qu'à moitié car je voulais déjà être trop parfaite avant de savoir jouer, avant d'apprendre.

Il a bien dû m'insulter des centaines de fois ce jour-là. J'étais complètement paniquée. Je l'ai menacé avec un couteau. Je lui ai dit que s'il me quittait, je le tuerais et je me tuerais aussi. Il m'a frappée, le couteau est tombé, j'ai feint de me jeter par la fenêtre juste pour l'effrayer, j'ai beaucoup pleuré et il n'avait plus le courage de me quitter. Il m'a prise dans ses bras... Ça me fait du mal de parler de ça, je suis très émotive, les larmes coulent mais ça n'a pas vraiment d'importance.

J'ai reçu des lettres si gentilles des membres du stage pour me soutenir, moi j'avais tellement honte.

Je n'ai plus ses bras. Ce serait beaucoup plus facile de faire comme mes amies, de passer d'un mec à l'autre. Moi je n'aime personne d'autre. Je n'ai pas aimé d'un amour aussi fort depuis, juste un peu, une ou deux amourettes. Après cet épisode si violent, je suis rentrée chez mes parents et j'ai pris tous mes carnets, tous mes précieux souvenirs d'enfance et d'adolescence, je les ai jetés en tas dans le barbecue du jardin, j'ai versé de l'essence et j'ai mis le feu. Je remuais avec le tisonnier les couvertures qui résistaient aux flammes. Mon esprit entier a fondu dans les lueurs jaune et bleu. J'ai fait flamber mon passé. Autodafé.

(Silence.)

Il ne m'avait pas demandé d'effacer mes souvenirs, il ne m'a rien demandé de tel.

(Silence.)

Six mois après, on s'est installés ensemble. On prenait des bains ensemble, on faisait souvent l'amour. Un jour il m'a mis un coup de poing dans le ventre derrière la poissonnerie, à Noirmoutier. On faisait du vélo. Je ne sais plus pourquoi il m'a frappée. Il était jaloux, je crois. On se disputait souvent, ça faisait partie de notre relation. Je le mettais hors de lui, je le provoquais. J'éprouvais un certain plaisir à être frappée ; quand je n'étais pas en accord total avec lui, je voulais qu'on aille au fond des choses et qu'il me fasse mal.

(Silence.)

Il est deux heures du matin et demain je me lève à huit heures, j'aimerais l'entendre et arrêter de parler à ce magnéto. »

Prière gang-bang

Hélène

Ô Grand Dieu ! Toi que j'ai toujours adoré, à qui j'ai voué ma vie, comment goûter l'amour, la tendresse, l'attention ? Je T'en conjure ! J'invite à mes côtés Tes puissances célestes. Doigts entrelacés, mains pressées contre ma poitrine. Je Te supplie. Entends-moi et donne-moi ce qui me manque.

Je suis nue devant Toi, allongée et chétive.

Je Te demande de me visiter. Souffle en moi Ta présence. Souffle sur moi le vent de la reconnaissance. C'est à Ton empire, au monde, au ciel, à la terre, que j'adresse ma prière. Je la chanterai pour Toi tous les soirs au crépuscule.

De la paisible nuit, je brise le silence
Du jour agité, je fends le tumulte confus
Divine aspiration, jette sur moi tous les yeux
Répands sur le monde mon vibrant appel

Que tout l'enfer fuie au son de ma requête
Dissipe le sommeil des corps inertes
Qui conduit à l'oubli de Tes lois !

Sois favorable à mon cœur éploré
Reçois les chants que je livre à Ton immuable vérité
Ô corps consolateurs
Daignez descendre en moi
Et vous répandre sur ma chair
J'exhorte cet amour du fond de mes viscères
De la plante de mes pieds à la pointe de mes cheveux
De la courbe de mes reins à tout ce qui de moi touche le sol
Sous Tes yeux.

Présence, matière, substances uniques,
Daignez, à cette heure, descendre en moi,
Et vous répandre sur mon corps offert !

J'appelle tous ceux qui peuvent venir
Je veux sentir sur moi et en moi leur désir
Je les prendrai tout entiers dans ma bouche
Je recevrai leur chair dans ma chair
Je leur donnerai mon être entier
Qu'ils forment autour de moi un cercle fantastique
Je les abriterai tous dans tous mes interstices
Que ma bouche, ma langue, mon esprit et mes sens

Que toutes Tes forces accomplissent mes souhaits profonds
Que le foyer de la charité s'allume
Que l'ardeur embrase tous mes frères
Exaucez, corps consolateurs, qui régnez sur le monde
Mon vœu d'amour éperdu...

Et dans ces derniers mots, Ô Seigneur, vois mes bras, mes cuisses ouverts dévolus à Ta vénération. Pieuse volonté durcie par tant de peine. Je caresse mon ventre, mon diadème. Je prends mes chevilles dans mes mains, jambes repliées vers le sommet de ma tête. Je tremble. Je m'étire et me cambre. Je m'abandonne à la grâce du Créateur. J'étreins le maléfice de ma solitude pour l'extraire dans des tours de passe-passe extraordinaires. Je soupire et expulse cette sourde tristesse, je passe un doigt pour ouvrir cette porte, le trou béant de mon cœur qui se situe là, au milieu de mon sexe, à l'intérieur.

Je convoque et invoque les forces invisibles, oui !
Tous les Saints-Esprits aimants de la Bible
Qu'ils viennent tous sur moi, tous ! Qu'ils m'investissent !
Qu'ils me pénètrent tous en même temps
Que j'en aie partout, dans tous les orifices

Qu'ils me recouvrent de toute leur moiteur, de sperme, de salive
Un grand traité de bave joignant présent, futur et passé
Un grand traité de bave et d'éternité.

Gang-bang liturgique aux positions chimériques.

M'agenouillant devant mille crucifix, je crois voir près de moi un bon millier de chibres qui s'agitent tous au son de mes cantiques. Je laisse de petits « oui » plaintifs s'échapper de ma gorge, je me vois pénétrée par les saints convoqués, je me sens absorbée par mille bouches gluantes. Des litres de semence éclaboussent ma chambre et je m'y roule en chantant à tue-tête. Augustes galipettes. Giclées dionysiaques. Colle d'amour sacré qui m'abreuve et m'attache dans une ronde infinie au sentiment céleste. Dieu est un pieu géant. Dieu est multiple et grand.

Je ne serai plus jamais seule, maintenant
Et pour l'éternité !
Amen !

Mercure au clair de lune

Rose

Vous êtes Monsieur X, gestuelle hésitante et faussement maladroite. Vous reconnaissez en Jean Echenoz une plume virtuose, vous avez adoré Les Grandes Blondes *et, « de fait », comme vous aimez tant le dire, vous assumez votre fétichisme. Les silhouettes en trench, cheveux longs, chevilles et poignets fins, talons aiguilles et petite robe noire vous désarment. Votre monde intérieur est peuplé de personnages de romans, d'actrices de films hollywoodiens et, comme dans* Vertigo, *la femme qui remonte ses cheveux en un chignon circulaire vous émeut. Vous n'aimez pas parler de vous, de votre intimité, vous prétendez que ça n'a aucun intérêt. Votre esprit est agile et léger, vous êtes journaliste, écrivain. Vous cherchez la vérité mais vous aimez glisser vers la fiction, une tendance naturelle au fantasme.*

Les heures heureuses de votre enfance, vous les avez passées dans les livres, au sommet des tours, des ponts, des porte-avions, à regarder l'horizon. Vous êtes L'homme contemplant une mer de nuages *de Caspar David Friedrich. Vous vous pensez seul au monde, rêveur et romantique, mais vous êtes entouré d'une multitude. Vous ne l'avez pas encore rencontrée mais vous adorerez rêver cette créature inaccessible ; vous prétendrez ne pas vouloir la cacher mais vous dissimulerez tout. Votre esprit est volatile, vous gravitez dans les hautes sphères pour dévoiler les exactions des puissants. Vous êtes un messager, libre et détaché, le vif-argent, Mercure aux pieds ailés. Vous apparaîtrez, réfléchissant la lumière, et vous disparaîtrez. Vous aimerez cette femme parce que vous êtes géographe de formation et qu'elle vous fera perdre votre sens de l'orientation, « comme dans une ville inconnue dont le dessin sans cesse échappe », écrirez-vous. Elle sera Tokyo pour vous. Vous marcherez au hasard cherchant à circonscrire ce paysage, mais vous quitterez la route, à mi-chemin.*

Je suis la grande rousse, terrienne et déterminée. Hanches larges et formes girondes, ma générosité s'exprime dans les circonvolutions de mon anatomie. Perchée sur mes talons, nonchalante et joviale, mes longues mèches ondulées s'enroulent comme mes doutes autour de tout ce que je tente d'embrasser. Voix de velours et regard vert lagon derrière mes lunettes fumées, eau claire et troublée, vive ou presque dormante sous des paupières mi-closes. Je suis Juliette des esprits, j'entends des voix, je lis des signes partout, j'aime l'astrologie, la clairvoyance. Je suis perméable au monde invisible qui vibre autour et en moi.

Je n'ai pas de frontière. Mon âme est « un paysage choisi/Que vont charmant masques et bergamasques/Jouant du luth et dansant et quasi/Tristes sous leurs déguisements fantasques », comme l'écrivait Verlaine. Animal sauvage et solitaire à tendance paranoïaque, j'ai la naïveté peinte au bout de mes ongles. J'agite mes petites mains en brassant l'air de mes paroles volubiles et désordonnées. J'allume des cierges dans les églises, j'invente des prières païennes dans mon temple secret. J'invoque les anges vaporeux de l'insouciance. Depuis l'enfance, je vois flou, la réalité est nimbée de brouillard et je danse au milieu des ombres. Je flotte en chemise de nuit au-dessus du monde, entraînée par quatre chiens aux yeux ronds comme des roues, qui ouvrent pour moi les portes du mystère…

J'avais commencé cette lettre et je ne l'ai jamais envoyée.

Monsieur X est arrivé dans ma vie au hasard d'un festival de cinéma, avec sa présence joyeuse de labrador, son corps dégingandé, ses cheveux en bataille blanchis à vingt ans et son regard amusé sur toute chose. Sa sociabilité, son intelligence scintillante accompagnaient ses mouvements amples. Son dos curieusement voûté formait une alcôve dans sa poitrine où j'ai voulu me lover. Près de lui, je me sentais en sécurité, épaule contre épaule, le regard rivé aux écrans blancs où s'affichaient d'autres vies, d'autres parcours. Nous commentions les films, faisant front, livrant des batailles aux membres du jury qui ne nous suivaient pas. Je n'ai pas saisi tout de suite la profondeur du sentiment qui nous aimantait. J'avais trouvé un frère, un cousin, une âme sœur, j'éprouvais l'irrésistible envie de l'épater. Je crânais pour lui. Je secouais la tête dans de grands éclats de rire à chacune de nos entrevues.

Il m'est apparu comme un ermite solidement ancré. Je n'ai pas compris qu'il flottait. Face à lui, l'enfant espiègle et discrète, l'adolescente frondeuse et la femme désirable en moi fusionnaient et étendaient leurs bras. Il m'a faite Shiva, j'étais grâce à lui la plus belle chanson du monde, le hit de T-Rex, *Cosmic Dancer*. Sa présence rassemblait toutes celles que j'avais été.

Je suis partie seule à Biarritz à la fin du mois de février, après le festival. Il faisait vingt-cinq degrés, un printemps en hiver, je me suis baignée dans l'Atlantique. Je n'avais plus froid. Je promenais un de ses livres sur les plages. Je le lisais, explorant les marges : les immeubles désaffectés, les abords des gares, les terrains vagues. Seule dans la station balnéaire, j'épousais ses pérégrinations et le balancement des vagues.

Nous nous écrivions tous les deux jours. Ses réponses assidues étaient une libération. Je n'avais rencontré personne depuis deux ans. Lui me suivait du regard. Et de fil en aiguille, piqués au cœur, nous avons tissé un lien, une liane, notre fil d'Ariane.

Il m'envoyait des poèmes, comme « La magicienne de l'Atlas » de Shelley – le mari de Mary. Si j'avais été chanteuse, j'en aurais fait une chanson.

Les hommes ne savent pas assez combien le feu est beau
Chacune de ses flammes est comme une pierre précieuse
Dissoute dans une lumière toujours mouvante
Et ce trésor appartient à tous ceux qui le regardent.

À mon retour à Paris, nous avons commencé à nous voir. Nous nous retrouvions devant la statue miraculeuse de la Vierge de la basilique Notre-Dame-des-Victoires. Nous parlementions des heures dans des restaurants et des cafés aux abords de la place des Petits-Pères. Je me battais contre son goût du fétichisme qui objective la femme. Il glorifiait les détails, les gestes, les formes, les matières. Je m'y refusais. Je préférais embrasser l'univers dans sa globalité, penser que tout est lié et indissociable. Je ne lui posais pas de questions personnelles. Nous avions trop à partager. Je me roulais dans sa curiosité. Nous aimions Ingrid Caven, la new wave, l'italo-disco, la voix blanche d'Étienne Daho, *Le Testament d'Orphée*, The Knife, la mélancolie de PNL, Psychic TV, les icônes, les choses occultes, les débats politiques, le combat pour la vérité, riant face à la complexité du monde. Tout nous reliait et nous opposait simultanément. Nous étions deux pôles inversés. Amants magnétiques, amoureux platoniques.

Une nuit, je dormais à poings fermés. L'agitation dans la rue soudain me réveille, j'ouvre mes rideaux, regarde par la fenêtre. Une grosse BMW, portières ouvertes, crache ses mégawatts. Des jeunes hommes boivent des bières et invectivent les habitants de mon immeuble. Tout ensommeillée, je glisse ma tête dehors, la foule hirsute me repère. On m'insulte. Je tire les rideaux et me blottis sous la couette. On sonne à tous les interphones, je les entends forcer la porte d'entrée, pénétrer dans la cage d'escalier et gravir les étages. Ils sont quatre, cinq, six, tambourinent à tous les paliers. Arrivés sur mon seuil, ils se déchaînent pendant vingt longues minutes, je reste calfeutrée dans mon lit. Désemparée, j'envoie des messages à Monsieur X, pas de réponse, je l'appelle à l'aide, pas de réponse. Je préviens la police. Ma porte en bois accuse les coups de pied et d'épaule, reçoit les cris sans moufter. Je me liquéfie, chuchote aux flics de venir vite. Leur ton morose et condescendant me sidère. Je chouine. Je suis une femme seule dans un studio, je ne donne pas cher de ma peau. Le roseau plie mais ne rompt pas. Je récite la fable de La Fontaine en attendant que tempête se passe. Le sirocco quitte mon quartier, la police débarque au bout de quarante minutes. Cinq Tortues Ninja m'accusent d'avoir balancé des objets contondants sur la jeunesse festive, ils prennent mes papiers d'identité. Je les engueule et ils me menacent de m'emmener au poste, je plaide la légitime défense et me recouche, outrée.

Aucune nouvelle de Monsieur X.

Il ne serait jamais un refuge.

Le lendemain matin, ses messages de désolation effaçaient la mienne. Le sentiment diffus qu'il ne pourrait jamais venir au milieu de la nuit me sauver des flammes de l'enfer s'était inscrit en moi, mais je ne me formalisais pas. *Vous dormiez ? J'en suis forte aise. Eh bien : dansons maintenant !*

Dans les semaines qui ont suivi, j'aimais la délicatesse avec laquelle, à chaque rendez-vous, il n'imposait jamais son désir. Je supposais qu'il attendait que je sois prête et je le trouvais si moderne. Féministe ? Nous n'abordions jamais la question du désir et des sentiments. Un beau soir de printemps, nos bouches se sont unies en haut de la rue de Ménilmontant, après qu'il m'eut présentée à ses amis écrivains lors d'une lecture à la librairie Le Monte-en-l'air. Nous avons dîné tous ensemble mais il a dû partir se coucher tôt, « grosse affaire le lendemain ». Je trépigne, je le veux, je le rappelle pour lui proposer de passer la nuit dans mes bras – aucune réponse. À 4 h 30 il avoue tout par messages-bribes hésitants : il ne vit pas seul, il est marié depuis vingt ans et père de quatre enfants. « Ma peur de te voir t'éloigner a motivé mon silence. Maintenant je te dois toutes les réponses ! Tu peux me poser toutes les questions. » Sa peur a détruit ma confiance.

Oh, comme j'aurais aimé avoir la force de le quitter !

Il m'autorisait à tout savoir de lui désormais et nous n'avions encore rien fait, si ce n'était un long baiser humide, si humide qu'il trempait ma culotte, mais tout brûlait en moi. J'étais Anaïs Nin à cheval, mon sexe chevauchant la selle du vélo dévalant l'avenue Gambetta. Je chérissais l'empreinte de sa langue perfide. Le feu dévorait la forêt. Je voulais sauver les rongeurs, les tortues, les oiseaux, tous les animaux des bois, je me suis jetée dans le brasier. Je ne voulais pas rompre notre dialogue effervescent. « Prouve-moi que tu m'aimes, que tu ne batifoles pas avec moi, que tu n'es pas un salaud. Dis-moi que je peux croire en ce qui nous réunit ! » Je suis passée outre mes réticences, ma morale, mes appréhensions. Je lui ai intenté un procès par messagerie instantanée, demandé un plaidoyer, il s'est défendu comme un lion pyromane.

Je caressais l'espoir d'une catastrophe sensuelle pour m'en délivrer. La naïveté peinte sur mes ongles voulait griffer son épiderme. Il a réservé une chambre au Gérando dans le IXe, un hôtel au nom italien pour un *week-end à Rome*. Intimidés, nous avons fait diversion, mangé, ri, bu des cocktails, chanté dans un karaoké boulevard Rochechouart. La douceur de ses baisers, de sa nuque argentée, ses lèvres sur mon sexe, son visage entre mes cuisses m'ont récité des poèmes. Tandis que Notre-Dame brûlait dans le cœur de Paris.

Monsieur X m'écrivait des lettres manuscrites pour me convaincre de sa sincérité. Il déposait dans ma boîte de longues enveloppes blanches, sans me prévenir de son passage. Chaque page déroulait une part de son histoire secrète qui aboutissait à notre rencontre. Il m'avouait n'avoir jamais parlé de lui, de sa vie intime, à quiconque. Il se méfiait des voleurs d'âme et s'était très bien débrouillé sans. C'était l'homme secret. Étais-je tombée amoureuse du secret ?

Avant lui, j'étais seule, espérant sans impatience un compagnon, une relation solide et pérenne, et la statue de saint Georges terrassant le dragon m'apparaissait en rêve. Je comptais sur le hasard sans compter les jours. Avant lui, j'avançais dans un désert où je m'étais résolue de planter ma tente. « C'est dommage d'y habiter. L'eau y est trop rare et vous êtes un signe d'eau », déplorait ma voyante. Mes espérances dormaient dans la bosse de mon dromadaire. Je voulais y croire, une oasis illusoire tremblait à l'horizon.

J'ai commencé à consulter un psy-marabout qui m'a annoncé la résolution de mes problèmes affectifs en six mois. Le travail a éclairé des parties non élucidées de ma construction. Je me suis sentie plus forte, pas une adolescente révoltée contre la société et assoiffée de liberté qui dit non à tout ce qui pourrait l'assigner à un rôle, mais une femme ayant bâti sa vie dans l'amour de l'art, et enfin armée pour assumer ce qu'elle est. Mon psy m'a livré la définition de l'amour de Lacan, « donner ce que l'on n'a pas à quelqu'un qui n'en veut pas ». Dans mes rêves la statue de saint Georges se brisait, des enquêteurs venaient constater les dégâts.

Mais les caresses de Monsieur X prenaient le relais, toujours plus intenses, chambre 5 de l'hôtel des Beaux-Arts. Devant les miroirs et les tentures dorées, on invoquait Oscar Wilde et on lisait nus sa *Ballade de la geôle de Reading.* Monsieur X partait toujours à minuit en abandonnant mon corps alangui à la volupté des draps blancs. Je l'appelais Cendrillon. Je lui écrivais fébrile au matin dans l'espoir qu'il quitte tout pour moi. Une pantoufle de vair à mon pied, je boitais. Je me suis mise à poser des questions. Je voulais savoir quelle place j'occupais dans sa vie. Il ne parlait jamais ni de sa famille ni de son quotidien, manière de « préserver ses enfants ». Il compartimentait tout.

Je connaissais trop bien sa hantise, lui ai-je écrit.

Adolescente, une nuit, alertée par un raffut lubrique, ma sœur m'avait sortie du lit pour me traîner jusqu'à la chambre de nos parents. Ma mère s'était absentée. « C'est dans l'appartement d'en dessous », répétais-je à ma sœur tandis que nous nous engagions dans l'escalier. Son coup de pied avait ouvert la porte. Mon père et sa maîtresse, nus, suant l'un sur l'autre dans la pénombre, rendaient la moiteur de l'été visqueuse. Ma sœur lui avait hurlé d'« arrêter ses conneries ». « Ce n'est pas ce que vous croyez », s'était-il excusé, confus.

J'avais mis une longue année à réaliser. Ma sœur avait fini par tout raconter à ma mère qui avait menacé mon père de le quitter. Avec le temps, tout était rentré dans le désordre. Les reproches fusaient, ce n'était pas la première incartade. On se prenait ça dans la gueule. Les assiettes se brisaient sur le sol. Pourquoi remettre le couvert ? L'été suivant, j'avais écrit une longue lettre à mon père, j'étais blessée, je l'exhortais à s'expliquer, et puis j'avais jeté ma missive. Quels comptes un enfant peut-il demander à ses parents ? Que connaissons-nous de leur vie intime ? Quel droit avons-nous d'intervenir dans leur vie privée ? Je m'étais résolue au silence.

Je ne souhaitais rien de tel à Monsieur X, qui avait tressailli en lisant mon récit. Je voulais lui montrer combien je comprenais ses craintes mais refusais la dissimulation, persuadée que la transparence était une preuve d'amour. Non, cette scène n'arriverait pas à ses enfants. Je lui disais : « Tout finit par se savoir, ta femme doit bien le sentir et le boomerang de l'histoire reviendra te mettre un coup dans la gueule, si tu n'en parles pas. » Au fond, l'idée de la rivalité entre femmes me dégoûtait.

Comment les hommes qui rentrent à minuit dans le lit conjugal, deux ou trois jours par semaine, avec l'odeur d'une autre sur leur peau peuvent-ils imaginer échapper à l'attention de celle avec qui ils partagent leur vie ? Et si celle-ci s'en fiche, n'y aurait-il pas un accord à trouver, qui autoriserait à vivre sa sexualité ailleurs ? Pourquoi mentir, dissimuler ? « On ne fait plus l'amour », disait-il pour me rassurer. Je répondais : « Ta femme a peut-être aussi un amant, ça pourrait l'arranger, parlez-vous ! La chair est faible, autant qu'elle soit libre. »

Je le désirais tant, je voulais explorer avec lui les territoires chéris de nos corps, qu'il gravisse mes montagnes, qu'il y plante son piolet, qu'il en dévore les crêtes, qu'il s'immisce dans tous mes interstices, qu'il me mette et me démette, me tourne et me retourne, me fourre et me laboure, qu'il lèche tout ce que j'ai d'orifices et que je puisse en faire autant avec lui. Mes neiges éternelles fondaient sous ses doigts, entraînant une crue, je voulais lui montrer comment les femmes éjaculent. Il refusait de trop en dire, de peur de briser le mystère.

Je lui ai offert *Jouissance club*, un manuel d'éducation sexuelle promouvant le plaisir accessible à tous, femme, homme, non-binaire, hétéro, homo, bi, un guide illustré qui proposait toutes les manières de se faire du bien sans forcément passer par la pénétration, loin du ronflant et patriarcal Kâmasûtra. Il a tiqué, pensant que je remettais en question ses bonnes manières et sa virilité. C'était tout le contraire : la confiance que j'éprouvais dans son habileté à me faire jouir me donnait envie d'aller plus loin. Nous partagions des extases si intenses, je voulais procéder avec lui à l'extension du domaine du plaisir, élever nos ébats au rang d'art, comme on apprend, en peinture, à travailler les traits et la couleur.

Pour mon anniversaire, il m'a offert les *Lettres d'amour 1928-1930* de Mademoiselle S. Retrouvé par hasard dans une cave par Jean-Yves Bertault, un ancien ambassadeur, ce trésor épistolaire dévoile les fantasmes qu'une femme désire assouvir avec son jeune amant, dans une langue recherchée et très crue. Les lettres de Simone, fille de bonne famille et garçonne d'une audace folle, sont obscènes et perverses, précédant les écrits érotiques d'Anaïs Nin. Mais la « belle salope au cul ferme et à la bouche savante » sera éconduite après s'être totalement soumise aux délires licencieux de son amoureux. Je l'ai lu à moitié, ne goûtant que les premiers moments de la passion et le style infiniment transgressif, évitant la fin tragique par superstition pour notre histoire.

Puis l'été est arrivé. Dans une longue lettre où il m'expliquait pourquoi depuis dix ans il entretenait des relations adultères et combien la nôtre supplantait toutes les précédentes, il disait : « Tu es par essence l'inattendue, et c'est aussi ce qui me plaît, pas seulement tes yeux, ta voix, ton rire, ton cou, ton *ouais*, tes regards en chasse derrière tes lunettes et tes hanches et ton odeur et tes cheveux. Tu es si libre, je me vois mal attendre des choses de toi, au sens où l'on attend que le peloton passe le col (cette métaphore est offerte par Paul Ricard, sponsor du Tour depuis 1954). Il y a plein de risques à continuer à se voir et à s'aimer, on peut se lasser et se décevoir... Mais moi j'ai envie de continuer.

Et j'attends que tu me dises si toi aussi tu en as envie. Je saurai m'organiser pour te voir plus, autrement, différemment. »

Je l'ai appelé en pleurant. Je ne doutais plus de son amour mais des conditions de cet amour. J'étais perdue. Je ne pouvais l'exprimer, mais pouvais-je supporter de vivre notre liaison dans l'ombre ? C'est tout ce que lui, le rédacteur en chef entouré d'une équipe de journalistes, l'écrivain reconnu par ses pairs, vivant dans un ménage aisé auquel il n'était pas prêt à renoncer, pouvait offrir à la pauvre célibataire quadragénaire, commissaire d'exposition, aux ressources limitées, sans enfant, sans foyer. Il n'y avait pas d'équilibre entre nous. Nous n'étions pas égaux.

Quand je pense que j'étais tombée amoureuse de lui ce jour de printemps, en arpentant gaiement les rues de Paris sous le soleil lorsque les Gilets jaunes défilaient sur l'avenue des Champs-Élysées. Nous les avions accompagnés. Les black blocs avaient créé l'émeute et brûlaient les banques, la manifestation avait dégénéré. Pris dans le mouvement, nous avions atterri devant le Fouquet's calciné. Mon cœur avait commencé à s'embraser à cet instant précis.

Brigitte Fontaine chantait dans ma tête :

Il fait froid dans le monde
Il fait froid
Ça commence à se savoir
Et il y a des incendies
Qui s'allument dans certains endroits
Parce qu'il fait trop froid
Traducteur, traduisez…

Le nœud se resserrait. Sa politique sentimentale, ignorant mes besoins, avait fait de moi un Gilet jaune de l'amour. Il oubliait mon existence par intermittence, négligeait mes requêtes – je revenais sans cesse incendier ses Champs-Élysées. Il cessait alors de me parler, « pour ne pas se miner » pendant un week-end, ou plus. Je n'étais pas jalouse, je défendais l'idée qu'on pouvait mutualiser les forces de l'affection et je ne lui demandais pas de quitter son foyer mais seulement de pouvoir vivre sans entrave ce que nous avions à partager. Je revendiquais mon indépendance, j'avais toujours vécu seule, je ne voulais pas détruire ce qu'il avait construit. Je pensais que l'amour, c'était trouver des solutions ensemble, en concertation.

L'Australie se consumait. Un milliard d'animaux avaient péri. Mon cœur devenait l'écho de ce champ de désolation, des hectares de forêts que l'homme, par ses pratiques barbares, n'avait pas su préserver. J'allais pleurer dans les salles de cinéma. Je priais dans les églises. Je suis partie implorer Dieu d'éteindre ce grand brasier, devant le mur des Lamentations à Jérusalem. Mon corps entier s'est mis à trembler. La pluie faisait sangloter le mur, de grosses larmes de crocodile coulaient sur la pierre et mouillaient les milliers de papiers-requêtes glissés dans ses interstices. « Il pleut c'est tout ce qu'il sait faire », continuait de chanter Brigitte.

Son silence s'épaississait.

À mon retour d'Israël, ses pensées, désormais inaccessibles, ont construit une enceinte vertigineuse. Il ne pouvait vivre autrement qu'au présent. Pas de perspective Nevski, pas de projets, pas de promesses, pas de possibles.

« J'ai longuement réfléchi, tu avais raison, te faire vivre cette situation, ce n'est pas t'aimer. Il nous faut renoncer. »

Il voulait continuer à élever sa dernière fille en restant près d'elle.

Je me suis résignée à en finir. Je l'ai supplié de me faire une dernière offrande, de m'offrir une dernière heure d'extase. Il a refusé. Le dos courbé, il est parti de mon appartement sans me regarder, comme vaincu par lui-même.

J'ai cogné sur tout ce que je pouvais cogner chez moi, et ma petite statue Sacré-Cœur de Jésus a perdu sa tête, décapitée ! Dieu m'abandonnait.

Et Verlaine toujours me hantait :

Tout en chantant sur le mode mineur
L'amour vainqueur et la vie opportune,
Ils n'ont pas l'air de croire à leur bonheur
Et leur chanson se mêle au clair de lune

Le lendemain, alors que je rentrais chez moi après le travail, ma porte m'est restée dans les mains. Un gang de cambrioleurs avait tenté de la démettre de ses gonds. Armés d'un pied-de-biche, ils avaient essayé de la forcer, elle s'était fendue, sans se briser. Elle s'était démise – un an tout juste après notre rencontre.

Monsieur X avait fui en abandonnant notre amour aux quatre vents. J'ai pris la décision de déménager et de laisser entre ces murs ce que je n'avais pas pu donner à quelqu'un qui n'en voulait pas.

Destruction en beauté

J'ai découvert Rupture dans les carrières de craie de Meudon, cette nuit d'hiver où le Corrosive sound system organisait la plus folle des free parties, l'année où je passais mon bac.

Cette *rave* dans les champignonnières ressemblait à une fête satanique dans les vestiges d'une église monolithique aux multiples nefs, longues de huit kilomètres, se coupant à angle droit et superposées sur quatre étages sous la ville et la forêt. On avait réussi à passer le barrage des flics à une heure du mat' en escaladant le mur. Dans la chaleur humide et l'odeur moisie, des cracheurs de feu, une moquette comme le tapis rouge du festival de Cannes et des bougies balisaient le chemin vers le *sound system*...

Entre les piliers carrés énormes, sous les arcs en plein cintre, les voûtes d'arête parfaites, des spots rouges et roses clignotaient, deux cents ravers gesticulaient dans ce décor de *Mad Max* cistercien. Les deux gigantesques galeries noires de monde et des dizaines de galeries attenantes formaient un immense espace de détente sous la roche ocre jaune. Les Corrosifs avaient commencé la fête avec de la techno puriste, poursuivant avec de l'acidcore minimaliste et, vers trois heures, après un coup de boomer des DJ, on s'est retrouvé plongé dans le noir. Extinction des feux et tout le monde prêt à décamper.

On pensait que les flics qui avaient barricadé l'entrée principale en début de soirée avaient fini par nous retrouver dans le dédale souterrain et qu'ils avaient coupé le courant. Non ! C'était mieux que ça : une mise en scène du collectif pour nous annoncer un concert-surprise.

*

– On a reçu leurs démos la semaine dernière, ce sont nos RIOT GIRRRLS à nous ! On vous demande d'accueillir RUPTURE !

Les projecteurs se braquent alors sur le côté de la scène faisant apparaître trois amazones adolescentes à moitié à poil, bras levés, tenant une banderole :

LE BUT DE CE CONCERT N'EST PAS LE DIVERTISSEMENT

Ces filles, je les reconnais, elles sont dans mon lycée ! Elles saluent les gentils animateurs en leur envoyant des baisers aériens et des doigts d'honneur, puis elles montent sur un praticable en hauteur derrière une grille en fer, là elles tirent un grand drap noir découvrant un synthé, des amplis, des micros sur pied et une pyramide de cinq ordinateurs IBM, écran allumé, disposés sur un lave-vaisselle qui tourne à vide façon Nam June Paik. Deux micros SM57 renvoient le ronronnement sourd du lave-vaisselle.

La batteuse, Sylvie Plate, crâne rasé, est torse nu. Sur ses deux énormes seins, *SCREAM* est inscrit au marqueur noir. Habillée d'un minishort en jean qui lui mange les fesses et chaussée de Dr Martens bordeaux, elle se plante devant l'installation pyramidale avec une batte de base-ball et un sourire en coin.

Delphine Seringue, la chanteuse, avec sa gigantesque tignasse blonde décolorée et crêpée qui doit mesurer au moins un mètre de haut, est en trench-coat vert kaki, facture Seconde Guerre mondiale, perchée sur des talons aiguilles de quinze centimètres. Elle se place au centre de la scène pour ajuster son pied de micro et son clavier, pendant que Virginie Woof, la guitariste, cheveux noirs au carré Louise Brooks, corset de cuir, collant résille noir et platform boots argentées, règle le volume de son ampli Marshall en hurlant : « La musique Z'est Zamais aZez fort ! » Elle a deux dents de vampire à la place de ses canines qui la font zozoter comme Zézette dans *Le père Noël est une ordure*.

Tout le monde se marre et gueule gentiment parce que la transe a cessé et que la mise en place un peu lente fait retomber l'énergie. Virginie Woof saisit un martinet posé sur l'ampli, se retourne face à la foule, l'air satisfait, et cogne un grand coup. Sa guitare fait retentir un accord si distordu et si profond qu'il électrocute les corps, les murs de craie et mon cœur. Je m'entiche, à cette seconde précise, de ces trois bêtes sauvages qui se lancent comme des furies dans leur premier morceau instrumental.

PAS DE VIE NULLE PART

Delphine Seringue balance une séquence *up tempo* sur son synthé Roland bassline TB-303, faisant osciller la grosse choucroute peroxydée sur sa tête, une séquence à la Giorgio Moroder obsédante avec des basses au son plastique, dont le formidable effet de résonance fait planer direct la foule.

Sylvie Plate lève sa batte de base-ball et percute en vociférant tous les deux temps sur les ordinateurs, les vitres se brisent. Éclats de verre et étincelles éclaboussent ses cuisses et son torse nus, bientôt constellés de petites taches de sang et de brûlures.

Virginie Woof balance des accords acides déclenchant des larsens stridents qui arrachent les oreilles, mais d'une grande volupté cosmique. Ces décharges électriques agissent comme des ascenseurs sur les cerveaux extasiés des teufeurs.

Au terme de vingt minutes de cette transe, elles crient :

On est RUPTURE !
On est là pour tout DÉTRUIRE
et surtout votre idée de la FEMME !
Toutes les filles venez devant,
et tous les hommes reculez !
On ne plaisante pas ! Les mecs,
il est temps de laisser un peu de place !

Je profite du mouvement ondulant de la foule pour me rapprocher du rivage de fer où les trois Vénus entament leur deuxième morceau.

Delphine lance une séquence sur son TB-303, plus répétitive et syncopée. Elle scande avec sa voix grave et fantomatique une sorte de *cut-up*. Les deux autres s'activent sur leurs instruments en répétant hystériques les phrases de Delphine.

L'amour est à réinventer
L'AMOUR EST À RÉINVENTER

Sylvie continue de marteler en rythme les ordinateurs.

Femme est idée
FEMME EST IDÉE

Virginie a posé sa guitare au sol et, accroupie au-dessus d'elle, elle en fouette frénétiquement le manche avec son martinet, en ondulant du bassin.

Quoi que vous pensiez
pensez à autre chose

QUOI QUE VOUS PENSIEZ
PENSEZ À AUTRE CHOSE

La voix de Delphine oscille comme celle de Ian Curtis, tour à tour lugubre, tremblante et mordante. La foule hypnotisée accueille ses mots comme les apôtres d'une société secrète qui prodiguent un enseignement magique. Chaque sentence s'imprime dans les corps des danseurs, secoués par leur impact.

Sylvie et Virginie se rapprochent de Delphine pour entonner en chœur ce qui semble être un refrain :

DÉTRUIS L'IDÉE QUE TU TE FAIS DE TOI-MÊME
DÉTRUIS L'IDÉE QUE TU TE FAIS
DÉTRUIS L'IDÉE

Delphine accélère la cadence de la séquence sur son clavier et enchaîne les phrases plus vite, comme possédée par le dieu qu'elle convoque, parcourue de convulsions épileptiques.

L'AMOUR EST À RÉINVENTER
LA MORALE EST UNE FAIBLESSE DE LA PENSÉE

OSER EST L'ACTION
AUCUN BESOIN DE CONSOLATION

Sylvie tourne comme un lion en cage autour de son installation robot-lavage-de-cerveau et commence à balancer par terre les ordinateurs détruits pour les piétiner.

Quoi que vous pensiez
pensez à autre chose
QUOI QUE VOUS PENSIEZ
PENSEZ À AUTRE CHOSE

Virginie se lève, écarte les jambes au-dessus de sa guitare. En un claquement de doigts, elle déclipse son body à l'entrejambe, une douche dorée gicle sur les cordes et le manche. Elle attrape alors sa Telecaster dégoulinante et vient la coller à l'ampli, créant un effet de feed-back pareil à un hurlement de loup.

Delphine reprend son chant monocorde :

TON GESTE HURLER ÉMEUTE GÉNÉRALISÉE

La foule se jette contre les grilles, les corps se mêlent dans une lutte fiévreuse et sensuelle, un pogo amoureux vaporisé d'ecstasy.

CONFORMISME ÉGALE MORT
AUCUN DEVOIR
AUCUN REMORDS

Les trois grâces, plus menaçantes encore, reprennent en chœur le dernier refrain :

DÉTRUIS L'IDÉE QUE TU TE FAIS DE TOI-MÊME
DÉTRUIS L'IDÉE QUE TU TE FAIS
DÉTRUIS L'IDÉE

Delphine ouvre son trench et dévoile son corps nu, en répétant dans un souffle :

DÉTRUIS L'IDÉE

Tous les ordinateurs sont maintenant au sol, démembrés. Sylvie lance, désinvolte, le programme séchage du lave-vaisselle qui s'enraye et explose. Virginie, dans un accès de frénésie paranormale, finit de massacrer sa guitare sur son ampli, le manche se casse, planté dans l'enceinte démolie.

La foule à l'arrêt observe le carnage. Dans le silence électrique, ultimes scansions.

NOUS BRISONS L'INFINI SERVAGE DE LA FEMME
NOUS VIVONS POUR NOUS-MÊMES
ET PAR NOUS-MÊMES

*

Deux jours après, à la veille des vacances de Noël, le récit de la performance circulait au lycée et une aura de respect et de mystère suivait chacun de leur passage dans la cour. Mais les trois filles refusaient les compliments. « C'était notre premier et notre dernier concert, on a fait ce qu'on avait à faire, maintenant on passe à autre chose. Vous n'avez qu'à suivre notre exemple. »
J'avais insisté : « Mais qu'est-ce que vous allez faire après ? » Delphine m'avait envoyé balader. « Nous rien, mais toi tu écriras notre histoire. » J'étais sidérée. Comment savait-elle que je voulais devenir écrivaine ?

*

On s'est retrouvées vingt-trois ans plus tard au Select, à Montparnasse. J'étais journaliste à présent et j'avais proposé d'écrire un article sur cette rave devenue mythique. Elles n'avaient pas tellement changé. Delphine arborait désormais des boots de cuir beige et un élégant costume seventies en velours bleu nuit, ses longs cheveux blonds cascadant sur ses épaules. Sylvie portait une jupe plissée blanche, des chaussures de bowling, un tee-shirt rouge moulant du groupe Prototype dont le titre de l'album *Mutants médiatiques* s'étalait sur ses deux obus. Virginie très gainsbourienne, en jean, chemise blanche et Repetto, avait toujours sa coupe Louise Brooks, irisée désormais de cheveux argent. Toutes trois toujours aussi stylées.

– Si vous êtes d'accord, ai-je dit, je vous laisse me raconter comment vous vous êtes rencontrées et comment est venue l'idée de RUPTURE. J'essayerai de ne pas intervenir, sauf si un détail n'est pas clair. Je voudrais que mon récit retranscrive aussi fidèlement que possible votre histoire, avec vos propres mots.

Delphine a jeté un regard engageant à Sylvie et avalé une gorgée de son Negroni.

SYLVIE – OK, je commence... Quand je suis rentrée en seconde au lycée de Sèvres, je regardais mes pieds et je n'osais parler à personne dans la cour. Je me suis mise à fumer des clopes pour me donner une contenance alors que je trouvais ça dégueulasse. Au bout d'un mois, je traînais avec les dingues et les paumés qui m'avaient repérée comme une des leurs. Ils fumaient tous des joints, j'ai voulu surenchérir. Je piquais des ordonnances dans le bureau de mon oncle médecin. Je les refourguais à mes potes, puis aux types qui me plaisaient. C'était une façon de les aborder comme une autre.

Au bout d'un moment, je les ai vendues à ceux qui venaient m'en réclamer. Ça me faisait un peu d'argent de poche et une réputation de *bad girl*. On se défonçait dans la cour, Dinintel et Néocodion en alternance. Moi, les amphétamines me réussissaient plutôt bien. En cours de maths, je résolvais des équations hyper-compliquées en dix minutes chrono, quand tout le monde devait plancher deux heures dessus. Je rendais ma copie au prof et, mes pupilles en tête d'épingle, je lui demandais la permission de sortir. Face à mon génie mathématique et à mon impatience nerveuse, le prof m'y autorisait. C'était toujours mieux de s'ennuyer dehors que de rester enfermée, et puis ça me permettait de trouver de nouveaux clients.

Évidemment, un bon gros fils de bourges, le plus beau mec du lycée, à qui j'avais filé gratos une ordonnance, la bouche en cœur, s'est fait choper par sa daronne. Il m'a dénoncée. J'en ai conclu que je ne pouvais pas faire confiance aux garçons, surtout à ceux qui avaient une belle gueule : toujours à chialer dans les jupes de leur mère ! Résultat, j'ai été convoquée par mon oncle mais je n'ai rien lâché. Je lui faisais face avec mon regard buté et j'ai tout nié en bloc. Et, comme lui aussi était un couard, il m'a laissée repartir. Il était tellement démuni, le pauvre, qu'il n'en a jamais parlé à mes parents. Mais ça m'avait foutue en rogne. La lâcheté du beau gosse et l'inquisition de l'oncle.

Je suis rentrée chez moi et, comme chaque fois que j'étais en colère, j'aimais bien casser des objets, une tradition familiale, j'ai donc pété des tas de trucs dans ma chambre. Ça me calmait et ça me fascinait, le son des objets qui se brisent.

Je logeais dans l'entresol du pavillon familial, c'était bien isolé, et ça me permettait de sortir la nuit, et puis les parents, vu la fréquence de leurs altercations, ils ne pouvaient pas dire grand-chose. J'avais commencé assez jeune à enregistrer leurs disputes sur un dictaphone, et ce jour-là, je me suis mise à gueuler contre le beau gosse en fracassant des disques et des bibelots et en donnant des coups de pied dans les murs. J'avais pris soin au préalable de brancher le magnéto. Je commençais mon grand-œuvre, *La Symphonie du chaos*. Pour chaque déception, chaque coup dur, il y aurait un morceau immédiat et brutal en réponse. Une manière de rendre les coups et d'en faire une œuvre en les fixant à jamais sur la bande magnétique.

DELPHINE – Un vrai projet dont on s'est inspirées pour notre performance, d'ailleurs t'étais en option musique au lycée.

SYLVIE – Ouais, j'avais quelques notions de solfège. Au premier cours de musique, j'avais annoncé que je voulais devenir compositrice de musique concrète, dans l'idée que les compositeurs doivent toujours « élargir et enrichir de plus en plus le domaine des sons », c'est ce que disait Luigi Russolo dans *L'Art du bruit*. Et comme Varèse ou Pierre Henry, je pensais que tous les sons du quotidien étaient musique.

DELPHINE – Moi, j'étais rentrée en arts plastiques à Sèvres. On m'avait virée de mon ancien bahut, l'institut Notre-Dame à Meudon, parce que j'étais beaucoup trop bizarre pour cette grosse bande de fafs. J'étais nulle en français, alors que j'adorais la poésie, mais très douée dans les matières qui m'intéressaient le moins, comme l'économie ou les maths. Face à ces contradictions, les profs imaginaient que je grugeais tout le temps... Mais c'était faux.

Mon look, un savant mélange de Marilyn Monroe et de Robert Smith, ne cadrait pas avec les jupes plissées, gros serre-têtes et vestes en loden vert du reste de la population. Mon style ne plaisait à personne, ni aux élèves de cette banlieue bourgeoise, ni aux profs recrutés pour leur ferveur religieuse et leur austérité. On m'a fait redoubler ma seconde et on m'a jetée dehors pour incorrection en m'accusant de tricher pendant les contrôles et de faire faire mes devoirs par mes parents. La pire injustice, je ne parlais quasiment jamais à mes parents – ils étaient tous les deux marchands d'art et collectionneurs, toujours partis en voyage d'affaires ou à des vernissages. Quand ils me consacraient un peu de temps le week-end, c'était pour me faire courir les galeries.

Finalement ça m'a sauvé la vie, de changer de lycée, je ne les remercierai jamais assez. J'étais trop heureuse d'être en arts plastiques. J'avais réussi à vendre à mes parents que j'allais devenir la nouvelle Jackson Pollock. Je leur avais parlé du flash que j'avais eu devant *The Deep* à Beaubourg, je m'étais sentie absorbée par sa profondeur cosmique. Mes parents étaient ravis et m'ont initiée à l'*action painting*. À Sèvres, je pouvais passer mes soirées à balancer de la peinture sur des bandes de papier kraft, j'avais une année d'avance sur le programme. Je me prenais pour une grande artiste, je lisais Baudelaire, les surréalistes, Jean-Jacques Schuhl, des livres piqués dans la bibliothèque familiale. Je m'enduisais le corps de gouache et de pigments et je me plaquais sur des feuilles grand format, et, en visionnaire éco-féministe, je peignais avec le sang de mes règles des séries de planisphères éventrés, avec leurs viscères satellisés.

VIRGINIE – Tu te prenais tellement au sérieux ! La première fois que je t'ai remarquée, tu lisais au fond de la classe, les yeux mi-clos, aussi prétentieuse qu'habitée. Tu parlais avec une voix grave fantomatique, comme au ralenti. On ne comprenait pas tout, mais on sentait une certaine autorité, une assurance hors du commun. Le jour où on s'est rencontrées, tu venais de rendre à la prof un de tes tableaux de la Terre éventrée et j'avais l'impression que tu l'avais peint pour moi.

DELPHINE – J'étais un peu voyante !

VIRGINIE – Ouais et moi une ado écorchée vive : une bande de mecs BCBG m'avait entraînée de force dans une baraque, après une nuit en boîte. Ils avaient voulu se faire une petite tournante avec une fille de treize ans qui avait l'air d'en avoir dix-huit. Moi, je n'avais pas bu, contrairement à eux. Ils m'ont coincée dans la salle de billard et se sont branlés autour de moi pendant que le chef de la bande essayait de me grimper dessus en m'arrachant mes fringues. Je me suis débattue, j'ai réussi à leur échapper et j'ai couru jusqu'à la gare, terrorisée à l'idée qu'ils puissent me rattraper avant que je prenne le premier train.

Depuis, j'étais dans un état de sidération flottant, je me sentais éventrée comme cette Terre, avec mes organes en lévitation autour de moi. Alors, quand j'ai vu ton tableau, je t'ai abordée :

– « Tu es venue dans cette maison pour détruire ? »

Tu m'as fixée avec ton regard hautain, l'œil brillant derrière tes paupières mi-closes, et tu m'as demandé :

– Que veux-tu détruire en toi ?

– « L'idée que je me suis toujours faite de moi-même. »

Tu as scruté ta peinture, puis tu t'es tournée vers moi en souriant :

– « Je ne vois rien là qui puisse te restituer ton identité. »

On est parties dans un grand éclat de rire et on est devenues copines.

DELPHINE – Je t'ai emmenée sur le toit du lycée pour balancer de la peinture sur une toile, on s'est défoulées un bon coup.

VIRGINIE – Je voulais travailler avec mon corps, faire des performances, mais je ne connaissais rien en histoire de l'art. J'aimais dessiner ce que je voyais, je voulais faire de ce corps qui avait été violenté un outil d'expression. Tu m'as parlé de Fluxus, tu as enchaîné sur le body art, les rites, les cérémonies, les scarifications, le sang, le sperme, l'urine… J'étais surexcitée, je voulais expérimenter la douleur et la jouissance sur scène, pisser debout, face au public. Tu m'as répondu, l'air blasé :

– Tout ça a déjà été fait, il faut trouver quelque chose de nouveau.

– Et l'urine ?

– Ouais, mais t'imagines la contrainte ? Boire des litres et des litres avant de monter sur scène, le ventre ballonné, c'est pas très glamour. On peut faire mieux, non ?

On s'est assises au bord du toit et on a observé les élèves musiciens s'escrimer sur leurs instruments dans le bâtiment d'en face. Une belle cacophonie… Le cluster qui en émanait t'a inspirée.

DELPHINE – Alors, j'ai sorti de ma poche *Rose poussière* de Jean-Jacques Schuhl.

VIRGINIE – Et tu me l'as lu.

DELPHINE – Je connais toujours ce passage par cœur : « La musique sert de prétexte à faire des choses ensemble et à faire entendre ensemble des choses. Les choses plus que les sons. Ils préludent aux groupes armés. Il y a dans leurs amplis Marshall, leurs effets Larsen, leurs cris (Yep, ouaouh, yap), leurs effets (vêtements), dans tout ce qui entoure leur musique, le pressentiment d'un orage somptueux, d'une destruction en beauté. »

VIRGINIE – Tu as levé la tête et tu as déclaré :

– On va faire mieux, on va monter une armée. Allons voir en face si on peut recruter des soldats.

– Bonne idée. Mais pas de mecs, ils me font flipper, j'ai dit.

DELPHINE – Je t'ai serré la main, en guise de pacte. J'avais des intuitions très fortes, je pressentais que tu avais un problème. Je voulais t'aider à le dépasser.

VIRGINIE – Je n'ai jamais eu besoin de t'en parler. Je savais que tu avais capté, on avait des transmissions de pensées toutes les deux.

SYLVIE – Tu nous as raconté l'histoire beaucoup plus tard, après la free party en fait... On a pleuré pour toi... Toi tu ne pleurais pas, tu avais attendu de te sentir assez forte, le concert nous a servi à ça...

DELPHINE – À ça et à plein d'autres choses encore !

VIRGINIE – Toi, Sylvie, avec ton œil de lynx, tu nous avais repérées sur le toit.

SYLVIE – J'essayais de jouer de la batterie avec mon groupe, Les Boys, quand je vous ai vues. On avait écrit un demi-morceau, inachevé, et repris celui de Bronski Beat : *Tell Me Why*. C'était une excuse pour passer du temps avec eux, je crois.

DELPHINE – Ils étaient inséparables, ces deux-là, et avec un super-pedigree.

SYLVIE – Ils avaient triplé leur seconde, c'étaient les deux seuls gays du lycée et ils fréquentaient le Boy, cette boîte de nuit homo, rue Caumartin, qui passait de la house mais aussi des hits pop, genre *Vogue* de Madonna.

VIRGINIE – Ils adoraient nous montrer les poses qu'ils apprenaient là-bas.

SYLVIE – Mais le Boy venait de fermer et ils voulaient rendre hommage à ce temple de la nuit qui avait sauvé leur adolescence. Maintenant, ils sortaient au Queen. Ils arrivaient souvent le matin au lycée comme des loques, exaltés et narcoleptiques. On est devenus copains assez vite grâce aux ordonnances. C'étaient des experts en médocs : du meilleur stimulant au plus subtil relaxant musculaire. C'est avec eux que j'ai pris mon premier ecstasy. On a marché, euphoriques, jusqu'au petit matin : des Champs-Élysées au Petit-Clamart où ils vivaient dans une barre HLM. Ils m'ont raconté qu'ils se prostituaient parfois sur les Grands Boulevards à Paris pour se faire un peu de thune, ils étaient super fiers de s'être acheté un synthé avec l'argent de leurs passes.

VIRGINIE – On a débarqué avec Delphine dans votre salle de répète.

DELPHINE – On a tapé à la vitre en faisant des tronches bizarres.

SYLVIE – Je vous ai ouvert et vous êtes rentrées par la fenêtre, t'as dit : « Salut ! On recrute des musiciens, on voudrait lever une armée ! » Les mecs ont répondu tout de suite : « Oh là là ! mais nous on est réformés P4, on a de gros troubles de la personnalité incompatibles avec toute activité guerrière. »

VIRGINIE – Moi ça m'arrangeait qu'ils ne veuillent pas. Mais en même temps, on avait fait le tour de toutes les salles et on avait vu soit des mecs qui faisaient du rock bourrin et qui se prenaient vraiment au sérieux, soit des filles qui faisaient du chant lyrique ou de la harpe et qui n'avaient pas le temps de monter un groupe parce qu'elles allaient au conservatoire.

DELPHINE – J'ai regardé Sylvie avec ses avant-bras musclés et ses deux énormes seins derrière sa batterie. Je lui ai lancé : « Toi, le fantassin avec ton tambour, t'es avec nous ? C'est vrai que vous n'avez pas la constitution pour vous battre, les jumeaux, mais je suis sûre que vous êtes des bons stratèges. Si on va au front, il va falloir des boussoles pour nous aider à manœuvrer. »

VIRGINIE – Et les mecs ont répondu du tac au tac, en prenant des poses de cabaret : « Dans ce cas, nous serons vos escort girls ! »

SYLVIE – On a bien ri et on est partis fumer des pétards au parc de Saint-Cloud pour fêter ça et élaborer un plan.

VIRGINIE – On s'est appelées RUPTURE parce qu'on était en rupture avec tous les codes sociaux, et aussi parce que ça nous faisait penser à un titre de Blondie, *Rapture*.

SYLVIE – L'idée, c'était de repousser les limites du mauvais goût, du trash et du politiquement incorrect. Timothée et Nicolas ont passé nos démos à des DJ qu'ils connaissaient.

Delphine – Et c'est comme ça que l'année du bac, après deux ans d'expérimentations dans l'entresol de Sylvie, on s'est retrouvées aux carrières de craie de Meudon dans la plus folle des free parties.

Virginie – On a eu un sacré culot quand même !

Sylvie – Notre amitié nous rendait invincibles.

Delphine – On s'était promis d'aller toujours au bout de nous-mêmes.

Sylvie – Et au-delà ! C'était la meilleure façon de nous sentir libres.

– J'ai une dernière question. Pourquoi n'avoir joué qu'une fois ? Pourquoi n'avoir pas envisagé de faire d'autres concerts et d'enregistrer un disque ?

Delphine – Pour échapper à toute tentative d'enfermement.

J'étais émue de saisir enfin tous les détails de leur histoire. Écrire cet article, c'était ma manière d'accomplir la prophétie adolescente de Sylvie et de graver la prouesse de ces trois jeunes femmes dans l'éternité. Elles avaient été mes guides sans le savoir. Je les ai remerciées chaleureusement, je leur étais reconnaissante d'avoir pu assister à cette épiphanie. Leur performance unique m'avait donné une confiance extraordinaire. La possibilité de clamer haut et fort ce qu'on pense, écrire, chanter, hurler procédaient du même mouvement. Cet enthousiasme, je le garderai pour toujours dans mon cœur.

Playlist

Fishbach, *Un autre que moi*

David Bowie, *Heroes*

Nina Simone, *Feeling Good*

Jimmy Hendrix, *Foxy Lady*

Jad Wio, *Fleur de Metal*

New Order, *Temptation*

Talk Talk, *It's My Life*

Frédéric Chopin, *Prélude en* mi *mineur* op. 28 n° 4

Charles Trenet, *Y'a d'la joie*

Michel Legrand : *Amour, amour… (Peau d'âne)*

Christophe, *Mal comme*

The Kinks, *You Really Got Me*

Ann Sorel, *L'Amour à plusieurs*

Serge Gainsbourg, *Je t'aime moi non plus, La Javanaise*

T-Rex, *Cosmic Dancer*

The Knife, *Heartbeats*

PNL, *Au DD*

Psychic TV, *Just Drifting*

Ingrid Caven, *Lalala*

Étienne Daho, *Week-end à Rome*

Brigitte Fontaine, *Comme à la radio*, *Il pleut*

Joy Division, *Disorder*

Bronski Beat, *Why ?*

Blondie, *Rapture*

Nina Simone, *I Wish I Knew How It Would Feel to Be Free*

Weyes Blood, *Every Day*

Remerciements

Un grand merci à Mireille Paolini pour sa confiance, à Richard Gaitet pour ses relectures attentives et précises, ses conseils affûtés et inspirants.

Merci à Delphine Werner pour ses bonnes questions et ses remarques pertinentes.

Merci à Patricia Duez.

Merci à toutes celles et tous ceux qui m'ont si chaleureusement encouragée : Hélène Frappat, Bertrand Belin, Cécile Chavepayre, Gaëlle Donelian, Catherine Lagarde, Philippe Katerine, Bettina Armandi-Maillard, Jean-Claude Ribaut, Jean-Pierre Petit, Gracieuse Casta, Chet Samoy, Grégoire Hetzel, François Tessier, Emmanuel Villin, Philippe Vasset, Mélissa Phulpin.

Merci à Jean-Jacques Schulh, Bertrand Mandico, Cookie Mueller, Virginia Woolf, Deborah Levy pour l'inspiration. Toute ma profonde admiration.

Merci à ma grande sœur Laetitia qui, adolescente, m'avait dit : « Tu écris bien, tu veux devenir écrivain ? » Ta question a fait son chemin.

Merci à ma famille pour son soutien inconditionnel pour tout ce que j'entreprends, je vous aime.

Table

RÉALISATION : NORD COMPO À VILLENEUVE-D'ASCQ
ACHEVÉ D'IMPRIMER SUR ROTO-PAGE
PAR L'IMPRIMERIE FLOCH À MAYENNE
DÉPÔT LÉGAL : MARS 2023 — N° 152234 (101795)
Imprimé en France